이노크 아든
Enoch Arden

세상에서 가장 애절하고 고귀한 사랑 이야기

이노크 아든
Enoch Arden

앨프레드 테니슨 지음 | 김지영 옮김

브라운힐
BrownHillPub

들어가는 말

세상에서 가장 애절하고 고귀한 사랑 이야기

<이노크 아든(Enoch Arden)>은 영국의 계관시인(桂冠詩人, poet laureate, 17세기부터 영국 왕실에서 자국(自國)의 가장 뛰어난 시인에게 내리는 명예로운 칭호) 앨프레드 테니슨(Alfred Tennyson)이 구전(口傳)을 바탕으로 쓴 소설적 시(narrative poem)입니다.

배가 난파해 죽은 줄만 알았던 뱃사람 이노크 아든이 십몇 년 만에 구사일생으로 귀향하지만, 사랑하는 아내와 아이들 곁으로 돌아가지 못하고 홀로 쓸쓸한 죽음을 맞이하는 내용을 담고 있는 900여 행의 장시(長詩) <이노크 아든>은 1864년 출간 당일 1만7천여 부가 매진될 정도로 뜨거운 호응을 받았습니다.

<Enoch Arden>(1865년판)

160년이 지난 지금까지도 <이노크 아든>은 테니슨의 작품 중에 세계에서 가장 널리 읽히는 시로 대접받고 있습니다.

1910년대에는 퍼시 내쉬(Percy Nash), 데이비드 워크 그리피스(David Wark Griffith) 등 유명한 감독들에 의해 무성영화로 만들어졌고, 그 이후에도 많은 영화에 차용되었습니다.

'세상에서 가장 애절하고 고귀한 사랑 이야기'라는 세평(世評)에 고개가 끄덕여질 만큼 자기희생이 바탕이 된 숭고한 사랑 이야기의 전형을 보여주는 이 작품은, '이노크 아든 타입'이란 말이 만들어질 정도로 다양한 형태로 변주되어 현대 문학의 연애담에까지 응용되고 있습니다.

이 책에서는 담시(譚詩) 형식으로 발표되었던 테니슨의 <이노크 아든>을 현대의 산문체(散文體)로 의역(意譯)하여 옮겼음을 밝혀둡니다. 그것이 이 이야기가 전하고자 하는 내용과 감동을 더욱 충실하게 살릴 수 있는 방법이라

무성영화로 제작된 <Enoch Arden>(1911년)

고 판단했기 때문입니다.

한편, <이노크 아든>을 작가 본디의 시(詩)로 읽고 싶거나 간직하고 싶은 독자 여러분을 위해 책의 뒷부분에 영어 원문(原文)을 함께 실었습니다.

우리는 도저히 믿을 수 없는 인면수심(人面獸心)의 성범죄(性犯罪)가 끊이지 않는 아픈 세상을 살아가고 있습니다. 잠시나마 이노크 아든 그리고 애니와 필립, 이 맑고 순수한 세 영혼이 빚어낸 가슴 먹먹한 이야기에 귀 기울여 보기 바랍니다.

차 례

1
젊은 남편

고귀한 자기희생으로 '세상에서 가장 애절하고 아름다운 사랑'의 주인공이 된 이노크 아든(Enoch Arden).

그는 백 년도 훨씬 전인 아주 오랜 옛날에 영국의 작은 항구도시에서 태어났습니다.

그곳은 해안을 따라 절벽이 이어져 있고, 하얗게 부서지는 파도와 모래밭이 끝없이 펼쳐진 아름답고 조용한 마을이었습니다.

조붓한 부둣가 주위에는 붉은 기와지붕의 집들이 모여있었으며, 그 옆으로 오래된 교회가 있었습니다. 약간 위쪽으로 나 있는 기다란 거리에는 오가는 사람들의 눈길을 붙

잡는 방앗간이 탑처럼 우뚝 솟아 있었고요. 방앗간 뒤편으로는 하늘과 맞닿은 것처럼 보이는 잿빛 언덕이 이어지고 있었으며, 그곳에는 덴마크 사람들의 오래된 무덤이 여기저기 흩어져 있었습니다.

또한 그 아래쪽의 사발처럼 오목한 골짜기에는 울창한 개암나무 숲이 자리 잡고 있어서, 잿빛이 짙게 드리워지는 가을날이면 개암나무 열매를 주우러 가는 아이들의 모습을 심심찮게 볼 수 있었답니다.

이노크 아든(Enoch Arden)은 거친 뱃사람의 아들로 태어났는데, 어느 겨울에 배가 난파당해 아버지를 잃고 말았습니다.

이노크는 비록 고아가 되었지만, 다행스럽게도 그에게는 좋은 친구가 두 명 있었습니다. 하얀 얼굴에 붉은 뺨과 별처럼 반짝이는 눈을 가진 아주 귀여운 소녀 애니 리(Annie Lee)와 방앗간 집 외아들 필립 레이(Philip Ray)였습니다.

세 아이는 바닷가에서 해변의 잡동사니와 쓰레기, 단단하게 감긴 밧줄 뭉치, 검은 그물, 녹슨 닻, 바다에서 끌어올린 배들에 둘러싸여 놀았습니다.

"처얼썩, 처얼썩~!"

아이들은 하얀 거품으로 부서지는 파도를 쫓거나, 너울에 쫓기면서 까르륵 하며 웃음을 터뜨렸습니다.

아이들은 조그만 발자국을 모래밭에 남기며 쉴 새 없이 뛰어다녔지만, 그 발자국은 다시 파도에 씻겨 흔적도 없이 사라졌습니다.

"우리 오늘은 모래성을 쌓아 보자."

필립의 말에 뒤쫓아 온 이노크 아든이 대답했습니다.

"그건 별로 좋은 생각이 아니야. 모래성을 쌓아 봤자 파도가 치면 금방 부서져 버릴 텐데."

우뚝 솟은 절벽 아래에는 바위로 된 동굴이 있었습니다. 동굴 속은 매우 좁아서 아무리 사나운 비바람이 몰아쳐도 끄떡없었습니다.

세 아이는 그 동굴에서 소꿉놀이하는 것을 좋아했습니다. 애니는 늘 신부가 되었고, 이노크와 필립은 번갈아 가며 신랑 노릇을 했습니다.

두 사내아이는 좋은 친구였음에도 때때로 다투었습니다. 수줍음 많고 마음 약한 필립보다 체격이 크고 강인해 보이는 이노크가 애니를 일주일 내내 차지했기 때문이었습니다.

"나는 애니를 위해 모래성을 지어 주겠어. 모래성의 주인은 나고, 그 성의 안주인은 애니⋯⋯."

뺨을 붉히며 말하는 필립을 보며 이노크 아든도 지지 않았습니다.

"무슨 소리야. 애니는 오늘 내 신부가 될 거야."

"약속이 틀리잖아. 애니는 어제도 너의 신부였잖아. 오늘은 내 신부가 될 차례란 말이야."

"그런 소리 하지 마. 애니는 항상 내 신부가 될 거야."

이렇게 투덕거릴 때마다 필립은 푸른 눈에 눈물을 가득 담고서 입을 삐죽거리며 소리쳤습니다.

"이노크, 난 네가 미워!"

그러면 애니는 두 사내아이 사이에서 어찌할 줄 몰라 하며 말했습니다.

"그만둬! 나는 누구 편도 아니야. 사이좋게 너희 두 사람의 신부가 되어줄 테니, 제발 싸우지 마."

어느덧 세월이 흘러 장밋빛 노을같이 빨간 볼의 아이들이 이제는 제법 부끄럼을 타는 아가씨와 늠름한 청년으로 성장했습니다. 두 청년은 지금까지는 모르고 있던 생명의 열기가 이글거리는 태양처럼 끓어오르는 걸 느끼기 시작했고, 똑같이 애니에 대한 사랑으로 애를 태웠습니다.

이노크는 솔직하게 자신의 사랑을 애니에게 고백했지만, 필립은 타오르는 자신의 마음을 드러내지 못했습니다.

애니는 겉으로는 필립에게 더 다정한 것처럼 보였지만, 자신도 모르게 이노크를 사랑하고 있었습니다. 혹여, 누군가가 이노크를 사랑하느냐고 물어보았다면 도리질하면서 부정했을지도 모릅니다.

어느 날, 이노크는 애니와 함께 바닷가를 거닐었습니다. 나란히 걷는 두 사람의 어깨 위로 눈부신 햇살이 따사롭게 내려앉았습니다.

이노크가 갑자기 우뚝 멈춰 서더니 애니의 얼굴을 들여다보며 말했습니다.

"애니, 귀여운 애니! 내 목숨보다도 더 당신을 사랑해."

이노크의 회색 눈동자 속에서 뜨거운 사랑이 불타고 있었습니다.

이노크의 눈을 들여다보는 애니의 예쁜 눈동자도 맑게 빛났습니다.

"아아! 이노크의 사랑을 받는 나는 정말 행복해."

애니는 이렇게 말한 다음 갑자기 부끄러운 생각이 들었는지, 바닷가 모래밭으로 마구 달려갔습니다. 그러자 이노크가 적당한 간격을 두고 그 뒤를 따라 달렸습니다.

'열심히 돈을 벌어야 해. 그래서 배도 한 척 사고, 예쁜 집도 지어야지. 그러면 애니와 결혼할 수 있을 거야.'

이노크는 열심히 일해서 돈을 모아 배를 한 척 사고, 애니를 위해 집을 마련한 후 가정을 꾸려야겠다고 마음먹었습니다.

　그렇게 몇 해가 흘러갔고, 모든 일은 이노크의 계획대로 잘 풀려나갔습니다. 용감할 뿐 아니라 행운도 뒤따랐던 덕분이었지요.

　이노크는 상선의 갑판에서 한 해 동안 열심히 일한 끝에 당당한 뱃사람이 되었는데, 뱃사람 중에서 폭풍을 만나도 당황하지 않는 사나이는 이노크 말고는 없었다고 합니다.
　그 누구보다도 사려 깊고 담대한 그가 온갖 위험 속에서도 파도에 휩쓸린 사람을 세 번이나 구조하는 것을 보고, 마을 사람들은 입을 모아 그의 용기와 의로움을 칭찬했습니다.

이노크는 이제 스무 살을 갓 넘긴 젊은 나이에 배도 한 척 사들였고, 애니를 아내로 맞이할 생각으로 방앗간으로 올라가는 비좁은 길 중간쯤에 새 둥지처럼 아담한 집도 한 채 마련했습니다.

하늘에 황금빛이 감도는 어느 멋진 가을 저녁이었습니다. 해마다 이맘때면 마을의 젊은이들이 마치 축제라도 즐기듯 개암나무 열매를 주우러 가곤 했습니다. 일을 마친 마을의 젊은이들은 저마다 가방과 바구니를 들고 개암나무 숲으로 몰려들었습니다.

이노크와 애니는 함께 출발했지만, 필립은 몸이 아픈 아버지를 돌보느라 한 시간이나 늦게서야 출발할 수 있었습니다.

필립은 오르막길이 시작되는 언덕에 이르러서, 골짜기 사이사이로 숲을 바라보다가 갑자기 심장이 멈춰 버리는 것 같았습니다.

숲이 우거진 가장자리에서 이노크와 애니가 서로 손을 맞잡고 다정하게 앉아 무슨 이야기인가를 속삭이고 있었던 것입니다.

필립이 그들을 바라봤을 때, 이노크의 커다란 회색 눈과 햇볕에 그은 얼굴이 애니를 향한 조용하고 성스러운 사랑의 불꽃으로 환하게 빛나고 있었습니다.

필립은 그들의 눈빛과 얼굴에서 자신의 운명을 읽을 수 있었습니다.

이노크와 애니가 결혼하리란 것을, 또한 자신은 그러하지 못하리라는 것을……

'아아! 내 사랑, 애니…….'

필립은 풀덤불 속으로 몸을 숨기며 오열했습니다.

그들이 뺨과 뺨을 마주 부딪칠 때 필립은 상처 입은 산짐승처럼 신음하며 울었습니다.

'나는 졌다. 이제 애니는 이노크의 귀여운 신부가 될 것이다.'

개암나무 골짜기에 모인 젊은이들이 즐거움에 들떠 있을 때 필립은 평생 채워지지 못할 갈망을 홀로 삭이면서 솟구치는 눈물을 삼켜야만 했습니다.

비탄에 잠긴 필립은 미끄러지듯 몰래 그들 곁을 빠져나와서, 오목하게 생긴 숲속 골짜기를 기어 내려와 슬그머니 집으로 돌아갔습니다.

그날 이후 필립은 이노크와 애니의 눈길로부터 자신을

숨기고 우울한 시간을 보냈습니다.

얼마 되지 않아 이노크와 애니는 마침내 사랑의 열매를 맺어 결혼했고, 교회의 종소리는 그들이 하나 됨을 축복하며 행복하게 울려 퍼졌습니다.

그리고 7년의 세월이 꿈결같이 흘렀습니다.

결혼한 지 일곱 해가 흐르는 동안 이노크와 애니의 사랑은 더욱 깊어져만 갔고, 아무런 근심 걱정 없는 행복한 나날을 보냈습니다.

"애니, 오늘은 더욱더 많은 물고기를 잡아 올게."

"그래요, 이노크. 저는 그동안 맛있는 음식을 만들어 놓을게요. 일찍 돌아오셔야 해요."

"알았소. 내 다녀오리다."

그 마을에서 이노크를 모르는 사람은 거의 없었습니다. 검게 그을린 건강한 모습의 이노크는 시장터와 동네를 돌아다니며 많은 생선을 팔았습니다.

서로 사랑하고 아끼는 이노크와 애니 사이에 아기도 태어났습니다.

첫째는 애니를 닮은 여여쁜 딸이었는데, 이노크는 첫아

이가 태어났을 때 새로운 희망에 부풀었습니다.

'이 아이를 훌륭하게 공부시키려면 더욱 많은 돈을 벌어야 해.'

이노크는 쉬는 날이 거의 없었습니다. 그만큼 그는 건강하고 늠름한 가장이었던 것입니다. 사랑하는 아내와 귀여운 아기를 생각하면 온종일 풍랑과 싸워도 피곤하지가 않았습니다. 물고기를 팔기 위해 산과 들을 여행할 때도 전혀 지치지 않았습니다.

큰아이가 태어나고 나서 2년 뒤에는 남자아이가 태어났습니다. 큰아이는 애니를 닮은 여자아이였지만, 둘째 아이는 이노크를 꼭 닮은 튼튼한 사내아이였습니다.

"그놈 정말 잘생겼는걸, 허허허."

이노크는 아이들을 볼 때마다 연신 싱글벙글거렸습니다. 사랑스러운 두 아이가 노는 모습을 바라보면 이노크는 절로 힘이 났습니다.

이노크는 아이들의 울음소리나 웃음소리를 들으면서 될 수 있는 한 많은 돈을 저축하려고 땀 흘려 열심히 일했습니다. 자신이 받은 교육보다 더욱 나은 교육을 받게 하고 싶었고, 자신이 가진 것보다 더 많은 것을 아이들에게 주고

싶었기 때문입니다.

풍랑이 이는 바다로 항해를 하러 나서거나 뭍으로 해산물을 팔러 떠날 때면, 기특하게도 두 아이는 자신들의 어머니를 편안하게 해주었습니다.

이노크의 사업은 운 좋게도 번창했습니다. 이 정직하고 부지런히 일하는 뱃사람은 나무 십자가가 서 있는 시장터뿐만 아니라 나뭇잎이 무성하게 쌓인 오솔길 언덕에 자리한 호젓한 저택에까지 알려져 그가 대주는 생선이 없어서는 안 될 정도가 되었습니다.

이노크는 매주 금요일이면 흰 말을 타고 사자 문양이 새겨진 저택의 문설주를 거쳐 공작 날개 모양의 주목나무가 있는 뜰까지 싱싱한 해산물이 가득 담긴 바구니를 배달하곤 했습니다.

그러나 이러한 행운도 오래가지 못하고 난데없이 불행한 사고가 닥쳤습니다.

이노크와 애니의 큰아이가 다섯 살, 작은아이가 세 살이 되던 해였습니다.

물길이나 바닷길을 너무나 잘 아는 이노크가 마을에서

백 리쯤 떨어진 북쪽의 큰 항구에 정박한 배의 돛대에 올라
갔다가 발을 헛디뎌 그만 굴러떨어지고 만 것입니다.

사람들이 황급히 그를 안아 일으켰지만 안타깝게도 다
리를 크게 다쳐 움직이질 못했습니다.

한쪽 다리를 못 쓰게 된 이노크는 상처가 나을 때까지
당분간 그곳에 머무를 수밖에 없었습니다.

이노크가 병상에 누워 있는 동안 애니의 품 안에서 또 한 아이가 태어났는데 가엾게도 병약한 남자아기라는 소식을 전해 들었습니다.

엎친 데 덮친 격으로 항구의 또 다른 뱃사람이 그의 거래처를 가로채 가서, 이노크 가족의 생계가 막막해졌습니다.

이노크의 머릿속에는 한밤중에 덮치는 악몽처럼 아이들의 애처로운 모습과 아내의 비참한 모습이 눈에 자꾸만 어른거렸습니다. 아이들은 먹을 것을 달라고 졸라댈 것이고, 병약한 어린 아기는 노상 칭얼거릴 테니 말입니다.

신앙심 강하고 용감한 이노크였지만, 일을 하지 못하고 병상에 누워만 있다 보니 회의와 불안감으로 성격마저 우울하게 변해갔습니다.

이노크는 자신에게는 무슨 일이 일어날지라도, 비참한 처지에서 가족을 구원해 주십사고 하느님께 마음을 다해 기도했습니다.

"하느님, 저에게 힘을 주시옵소서! 불쌍한 아내와 아이들을 이 비참한 생활에서 구해 주시옵소서!"

그럴 즈음 그의 불행한 얘기를 소문으로 듣고 병상으로 찾아온 사람이 있었습니다. 그는 이노크가 전에 일했던 배의 선장이었습니다.

이노크의 굳어 버린 듯한 슬픈 눈을 바라보며 선장이 말했습니다.

"여보게, 그렇게 건강하던 자네가 이게 무슨 일인가. 어서 자리에서 일어나게."

이노크의 사람됨을 잘 아는 선장은 그에게 곧 중국으로 떠나는 배에서 갑판장 일을 해줄 것을 제안했습니다.

"어떤가? 내 배가 멀리 중국으로 떠날 텐데 나와 함께 가보지 않겠는가? 갑판장 자리가 비어 있다네. 이 포구를 떠날 때까지는 두 주일 정도의 여유가 있네. 이노크, 자네가 그 자리를 꼭 맡아 주면 좋겠어."

그 말을 들은 이노크는 다시 희망의 빛이 비치는 것을 느꼈습니다.

"그 자리를 제게 맡기시겠다는 말씀입니까? 정말 고맙습니다. 보시다시피 저도 이제 많이 나아졌습니다. 제게 할 일을 주셔서 정말 고맙습니다."

이노크는 몹시 기뻐하며 선장의 두 손을 꼭 잡았습니다. 그는 하느님께 기도했던 응답이 온 것이라 여기며 기꺼이 그 일을 수락했습니다.

이노크는 자신에게 드리워졌던 불행의 어두운 구름이 말끔히 걷히는 것 같아 힘이 났지만, 막상 떠나려니 아내와 어린아이들 생각에 마음 한편에서 조바심이 일었습니다. 항해할 동안에 애니와 아이들에게 어떤 일이 일어날지 걱정하지 않을 수 없었던 겁니다.

이노크는 좀체 잠을 이루지 못하고 깊은 상념에 빠져들었습니다.

'배를 팔아버릴까? 하지만 그 배는 나에게 너무나 소중한 배가 아니던가. 내가 저 배로 파도가 일렁이는 바다를 얼마나 누비고 다녔던가! 기사들이 말을 사랑하듯, 나도 저 배를 사랑한다.

배를 팔아 물건을 사서 아내에게 장사를 시켜보는 건 어떨까? 그러면 내가 없는 동안 살아갈 수 있지 않겠는가.

나는 나대로 멀리 항해를 떠나 장사를 하리라. 한 번에 안 되면 두 번 세 번, 몇 번이고 뜻을 이룰 때까지 항해를 떠나리라. 후에 돈을 벌어 돌아오면 나도 어엿한 선장이 될 수 있을 거고. 그러면 귀여운 아이들을 어려움 없이 상급 학교에 보내고, 아내와 오순도순 꿈을 가꾸면서 윤택하게

살 수 있지 않겠는가.'

이노크는 이처럼 마음속으로 모든 걸 결정하고 집으로
향했습니다.

마을에 들어서서 집에 다다랐을 때, 창백한 얼굴의 갓난
아기를 안고 있는 아내와 마주쳤습니다.

아내는 남편을 보자 기쁨의 울음을 터뜨리며 그의 품에
안겼습니다.

이노크는 아기를 받아 품에 안고 얼러주었고, 아내는 남
편의 건강이 어떤지 점검하듯 얼굴을 어루만졌습니다.

잠시 후 이노크가 주변을 둘러보았습니다. 사랑하는 애
니의 얼굴은 몰라볼 정도로 거칠어졌고, 포동포동하고 귀
엽던 아이들은 비쩍 마른 모습이었습니다.

그 모습을 보는 내내 가슴이 찢어질 듯 아파, 그날은 자
신의 마음속 계획을 아내에게 차마 털어놓지 못했습니다.

이튿날 아침이 되자, 이노크는 애니가 슬퍼할 것을 염려
하여 미루고 있던 얘기를 하지 않을 수 없었습니다.

"애니, 나는 무역선을 타고 중국으로 가야만 하오. 일
년이 걸릴지 이 년이 걸릴지 모르지만 가서 돈을 많이 벌어

오겠소."

무겁게 입을 열었는데, 애니의 놀라는 눈을 보자 이노크의 가슴은 다시 미어지는 듯했습니다.

"일주일 전 선장이 왔다 간 이후로 많은 생각을 했소. 내가 떠나면 당신과 아이들은 어떻게 될까? 내가 괜한 짓을 하는 건 아닐까 하고……."

애니는 화를 내지는 않았으나 자기와 사랑스러운 아이들을 위해 가지 말라고 애원했습니다.

"여보, 제발! 가지 마세요. 우리 어렵더라도 그냥 이대로 같이 살아요. 저와 아이들을 남겨두고 떠나지 말아요."

애니의 그 큰 눈에서 금방이라도 눈물이 떨어질 것만 같았습니다.

"나는 돈을 많이 벌어서 당신과 우리 아이들을 행복하게 해주고 싶어. 이것이 나의 간절한 소망이니, 당신이 이해해 줘요."

애니는 결혼반지를 받아 낀 그 날 이후, 한 번도 남편의 말을 거스른 적이 없었습니다. 그렇지만 이날은 사정이 달랐습니다.

"여보! 당신이 정말로 저와 아이들을 두고 가신다면, 뭔가 좋지 않은 일이 일어날 것만 같아요. 당신이 진실로 나와

아이들을 사랑한다면 제발 가지 마세요. 이제 당신 다리도
다 나았으니 여기서도 먹고 살 수 있을 거예요."

애니는 슬픈 키스를 되풀이하며 사정하듯 애원했습니다.

하지만 이노크는 그녀의 만류를 애써 귓전으로 흘려버리
고 자신의 굳은 결심을 굽히지 않았습니다. 이노크는 큰돈
을 벌 수 있는 이 기회를 놓치고 싶지 않았던 겁니다.

"애니! 내 한 몸을 위해서가 아니라, 당신을 위해서 그리
고 사랑하는 아이들을 위해서라오. 이삼 년만 고생하면 우
리도 남부럽지 않게 살 수 있소. 저 녀석들의 천사 같은
얼굴 좀 봐. 나는 저 아이들의 아비로서 녀석들을 행복하게
해주고 싶소. 그리고 아주 훌륭한 사람으로 키우고 싶다
고."

애니는 주르륵 눈물을 흘리면서 말했습니다.

"오, 이노크! 당신은 지혜로운 사람이에요. 하지만 당신
이 아무리 지혜롭다 해도, 나는 당신 얼굴을 다시 볼 수
없을 것만 같단 말이에요. 왠지 두려워요."

"애니, 당신이 나를 볼 수 없을 것 같다면 내가 당신을
보면 되지 않소? 자아, 울지 말고 웃는 얼굴로 나를 보내
줘요."

이노크는 애니의 손을 꼭 잡으면서 애써 웃음을 지었습

니다.

그리고 이노크는 아내에게 자신이 탄 배가 그 작은 항구를 떠날 날이 언제인지 말해주었고, 망원경을 빌려 갑판 위에 서 있는 자기의 얼굴을 보라고 부탁했습니다.

"애니, 내가 타는 배는 이곳을 지나가오. 선원들이 쓰는 망원경을 빌려서 나를 찾아내어, 당신의 근심을 날려 버려요."

이내 이노크는 항해 준비를 시작했습니다.

그는 자신의 분신 같았던 배를 판 다음, 아내가 가게에서 팔 만한 여러 가지 물건을 사들였습니다. 그리고는 거리로 향한 작은 거실을 개조하여 선반이 달린 조촐한 가게로 바꾸었습니다. 그는 떠나기 전날까지 하루도 거르지 않고 망치질, 도끼질, 톱질 소리를 내며 온 집 안이 떠나가도록 일했습니다.

그러나 애니에게는 남편이 일하면서 내는 연장 소리가 마치 자신이 처형대에 매달려 끌어올려지는 소리처럼 끔찍하게 들렸습니다.

이 모든 일이 끝나자, 이노크는 자연의 여신이 씨앗을

뿌리고 꽃을 가꾸듯 세심한 손길로 가게를 가지런하게 꾸
민 뒤 일손을 멈췄습니다.

　애니를 위해 마지막까지 열심히 일한 이노크는 지칠 대로
지쳐 이층으로 올라가, 세상모르고 깊은 잠에 빠져들었습
니다.

마침내 이별의 아침이 밝아왔습니다.

그는 아내의 얼굴에서 두려움을 떨쳐내게 하려고 애써 밝게 웃었습니다. 애니도 그의 걱정을 잘 아는 터라, 그에게 미소를 지어 보였지요.

용감하고 하느님을 경외하는 사람인 이노크는 몸을 숙여 엎드려서, 자신에게 어떤 일이 일어나더라도 그의 아내와 아이들에게 축복이 내리기를 간절히 기도했습니다.

"애니, 두려워하지 마오. 이번 항해는 우리 모두에게 행복을 가져다줄 것이오. 나는 당신이 생각하는 것보다 더 빨리 돌아올 테니, 항상 난로에 환하게 불을 피우고 나를 기다려줘요."

그리고는 어린 젖먹이의 요람을 흔들며 예쁘고 여린 갓난아기를 축복했습니다.

"귀여운 우리 아가야, 이 아빠는 너를 너무나 사랑한단다. 또한 하느님께서 너를 보살펴주실 것을 믿는단다. 아가야, 아빠가 다녀올 때까지 건강하게 자라거라. 너무 울어서 엄마 힘들게 하지 말고."

이노크는 아버지가 떠난다는 사실도 모르는 채 새근새근 잠들어 있는 갓난아기에게로 다가가서 볼에 키스한 다음 애니에게 말했습니다.

"애니, 난 이 아이가 내 무릎에 앉아 내 외국 여행담을 들을 날이 올 거라 믿어요. 그리고 내가 집으로 다시 돌아왔을 때 이 아이를 행복하게 해줄 거요. 자, 이리 와요. 애니, 내가 떠나기 전에 나에게 용기를 불어넣어 줘요."

애니는 이노크의 희망에 찬 얘기를 듣자 기분이 밝아지기 시작했고, 남편과 같은 희망을 갖게 되었습니다.

이노크가 다시 부드럽게 덧붙여 말했지만, 애니는 귀담아들으려고 하지 않았습니다. 마치 시골 처녀가 물동이를 샘터에 놓고 자신을 위해 물을 그득히 채워주던 사나이를 바라보면서 소리는 듣는 둥 마는 둥 하는 모습 같았지요.

"애니, 기운을 내요! 그리고 마음을 편하게 가져요! 내가 돌아오는 날까지 아이들을 잘 보살펴줘요. 내 걱정은 하지 말고. 어떤 근심이 생길지라도, 하느님께 의지하고 맡겨요. 그분은 우리의 닻이고, 항상 우리와 함께하는 분이잖소. 내가 어디를 가든 하느님은 늘 나와 함께하실 것이오. 저 동쪽 끝 아침 해 뜨는 곳에도 동행하실 것이오. 바다는 하느님의 것이고, 그 바다를 하느님이 주관하시기 때문이오."

말을 마친 이노크는 일어나서 흐느껴 우는 아내를 힘껏 끌어안은 다음 무슨 일인지 의아해하는 아이들에게 입맞

춤을 했습니다.

병약한 막내 아이는 열 때문에 밤새도록 보채다가 겨우 잠이 들었는데, 애니가 잠자는 아이를 깨우려 했습니다. 그러자 이노크가 아내의 손을 잡고 만류했습니다.

"그냥 자게 놔두구려. 이별을 알기에는 너무도 어리니까."

그러자 애니는 아기의 이마에 흘러내린 머리카락을 한 움큼 잘라 이노크에게 건넸습니다.

"여보. 이 머리카락을 잘 간직하셨다가 아기가 보고 싶을 때 꺼내 보세요."

(…… 이노크 아든은 자신의 목숨이 붙어 있는 날까지 이 머리카락을 몸에 지니고 다녔습니다.)

이윽고 이노크는 짐꾸러미를 어깨에 메고 손을 흔들면서 배를 타러 떠났습니다.

애니는 이노크의 모습을 조금이라도 더 보려고 망원경을 빌려 왔지만 아무런 소용이 없었습니다.

배가 흔들려서인지, 흘러내리는 눈물 때문인지, 아니면 망원경을 들고 있는 손이 몹시 떨려서인지 알 수 없으나 그리운 남편의 모습이 보이지 않았습니다.

오직 이노크만이 점점 멀어져 가는 애니의 모습을 지켜보며 갑판 위에서 손을 흔들었습니다. 하지만 배가 너무나 빨리 지나가 버려 두 사람이 마주 보는 시간은 너무나 짧았습니다.

배의 돛이 수평선 너머로 아스라이 사라져 보이지 않을 때까지 그 자리에 서 있던 애니는 흘러내리는 눈물을 닦으며 집으로 돌아왔습니다.

애니는 마음속으로 이렇게 되뇌면서 이노크를 떠나보냈습니다.

'마침내 그는 갔다. 하느님! 제발 그이가 무사히 돌아올 수 있게 해주세요. 그가 없는 동안 우리 네 식구 꿋꿋이 살 수 있게 도와주세요!'

2
걱정하는 아내

이노크가 떠나고 없는 얼마 동안, 애니의 마음은 마치 사별이라도 한 것처럼 슬펐습니다. 깊은 슬픔에 잠겨 헤어나질 못하고 있던 그녀는 모진 고생을 하고 있을 남편을 떠올리며 마음을 다잡으려고 안간힘을 다했습니다.

애니는 슬픔에 잠겨 있을 새도 없이 아이들을 위해 일해야만 했습니다. 이노크가 떠나기 전, 애니와 아이들을 위해 열심히 만들어 놓은 조그마한 가게, 그곳에서 애니는 장사를 했습니다.

이노크는 아내와 아이들을 위해 만반의 준비를 해 놓고서야 겨우 안심하고 배를 탔던 것입니다.

이제 이 조그마한 잡화상 가게가 그들의 삶의 터전이

되었습니다. 하지만 가게 일은 신통치 않았습니다.

애니는 작은 가게를 꾸려나가려고 나름대로 최선을 다했지만, 장사를 해 본 적 없는 그녀는 물건을 사러 온 사람들에게 거짓말도 할 줄 몰랐고, 깎으면 깎는 대로 물건을 싸게 팔았습니다. 가엾게도 애니는 늘 밑지는 장사만 했습니다.

그녀는 흥정할 줄도 몰랐고, 잔재주를 부릴 줄도 몰랐으며, 원하는 것을 얻는 수완이 있는 것도 아니었습니다.

'안 되겠어. 이러다간 그이가 올 때까지 못 버티겠어.'

애니는 매일 밤 슬픔에 잠겨 언제 올지 모르는 남편 소식을 기다리면서 쓸쓸한 나날을 보냈습니다.

'이노크가 돌아오면 뭐라고 할까?'

이익이 없는 장사를 하느라 몸은 지치고 살림은 살림대로 어려워졌습니다. 애니는 어린 자식들과 간신히 끼니를 이어가며 이노크에 대한 그리움으로 점점 야위어갔습니다.

하지만 달이 오고, 또 달이 가도 남편에게서는 아무런 소식이 없었습니다.

그럴 즈음, 태어날 때부터 허약했던 셋째 아이는 잦은 병에 시달리면서 엄마의 보살핌에도 아랑곳하지 않고 점점 더 야위어갔습니다.

그러던 어느 날은 그만 아이의 온몸이 불덩이같이 끓어올랐습니다.

"아가야, 제발……. 정신 좀 차리려무나."

애니는 바쁜 가게 일로 그동안 아기에게 신경 쓰지 못했던 것을 깊이 반성하며 하느님께 기도했습니다.

"하느님! 제발 우리 아기를 살려주세요."

애니의 처절한 기도를 하느님은 듣지 않으시는 걸까요?

엄마의 정성에 변함은 없었지만 가게 일로 제대로 돌보지 못한 탓인지, 병에 너무 지쳐버린 탓인지, 아니면 의사를 불러올 만한 돈이 없었던 탓인지, 아이는 바둥거리면서 간신히 생명을 이어가고 있었습니다.

그러던 어느 날 애니가 미처 모르는 순간에 새장에서 빠져나간 새처럼, 그 귀여운 아이는 저세상으로 날아가 버렸습니다. 애처롭게도 말 한마디 없이…….

아기의 영혼이 빠져나간 걸 알아챈 애니는 북받치는 서러움에 울고 또 울었습니다. 가난 때문에 약을 제대로 못 쓴 것이 사무칠 정도로 원망스러웠습니다.

"아가야! 이 엄마를 남겨놓고 어떻게 너 먼저 간단 말이냐. 아가야!"

그리운 남편은 곁에 없고, 사랑스러운 아기는 그녀 곁을 영영 떠난 것입니다.

애니의 흐느낌은 밤새 그칠 줄 몰랐습니다.

사랑하는 자식을 묻은 지 일주일쯤 되는 어느 날, 애니에게 전혀 예상하지 못한 손님이 찾아왔습니다.

아직도 애니가 행복하기만을 갈망하던 필립 레이였습니다.

애니와 이노크가 결혼한 이후 한 번도 찾아오지 않았던 필립은 이노크가 떠난 다음 애니와 아이들이 무척 고생하고 있다는 소식을 듣고 몹시 가슴 아파하고 있었습니다.

필립은 이노크가 항해를 떠난 후에도 애니를 찾아가거나 하지 않았지만, 아기가 죽었다는 소식을 듣자 애니를 위로해 주어야겠다고 마음먹었습니다. 필립의 마음은 언제나 그녀가 평화스럽게 살기를 진심으로 바라고 있었으니까요.

'그래, 한 번쯤 찾아가 보자. 어쩌면 위안이 될지도 모르니까.'

필립은 용기를 내어 애니의 가게로 갔습니다.

텅 빈 가게를 지나 안으로 들어간 그는 현관 앞에서 잠시 멈춰 서서 망설이다 문을 두드렸습니다. 문을 세 번이나 두드렸지만 아무 반응이 없었습니다.

살그머니 문을 열어보니 아, 거기엔 이제껏 한 번도 잊어본 적 없는 사랑스러운 여인 애니가 벽에 얼굴을 대고 소리 없이 흐느끼고 있었습니다. 아직도 막내아들을 땅에 묻은 슬픔에서 깨어나지 못한 채 모든 기력이 다 소진된 것 같았습니다.

"애니! 나 필립입니다. 부탁이 있어서 이렇게 찾아왔습니다."

필립은 선 채로 더듬더듬 말을 꺼냈습니다.

애니는 눈물이 가득 고인 눈을 들어 필립을 바라보았습니다.

"아, 필립……. 어떻게 이곳에……? 그런데…… 이토록 슬픔에 겨운 나에게 부탁할 일이 있다고요?"

애니가 신음하듯 대꾸하는 소리에 필립은 그만 부끄러워졌습니다.

필립은 잠시 당황했지만, 가엾은 생각을 억누를 수 없어서 애니 곁으로 다가갔습니다. 그리고는 부드러운 목소리로 오랫동안 하고 싶었던 이야기를 꺼냈습니다.

"당신 남편 이노크가 평소에 바라고 있던 것을 이야기하려고 찾아온 것입니다. 당신은 수많은 사람 중에서 가장 훌륭한 남자를 남편으로 맞이했습니다. 강철같이 의지가 굳은 사나이를. 하지만 그 사람은 어째서 당신을 쓸쓸히 남겨놓고 먼 항해를 떠났을까요? 여러 세상을 여행하기 위해서인가요? 아니면 자신이 좋아하는 것을 즐기기 위해서인가요? 결코 그렇지 않습니다. 이노크는 많은 돈을 벌어와서 자신이 받았던 것보다 더 나은 교육을 아이들에게 시키려고 떠난 것입니다. 그것이 당신 남편과 당신의 희망이고, 기쁨일 테니까요. 그 때문에 이노크는 위험과 역경에도 불구하고 중국행 모험을 떠난 겁니다.

그런데 지금 이 상황은 어떻습니까? 그가 돌아왔을 때, 아이들 성장에 소중한 나날이 이처럼 헛되이 흘러가 버린 것을 안다면 그의 마음이 어떻겠습니까? 그가 떠난 지 벌써 몇 년이 지났습니다. 혹시라도 그가 죽어 무덤 속에 파묻혀 있다 해도 아이들이 들판에 풀린 망아지처럼 제멋대로 자라고 있다는 것을 알게 된다면 어떻게 편히 잠들겠습니까?

애니! 우리는 어릴 적 소꿉친구 아닙니까? 남편이 소중하고 아이들이 귀엽다고 생각한다면, 부디 나에게 당신의 두 아이를 학교에 보내도록 허락해 줘요. 그리고 돈이 필요하다면 내게 부탁해요. 부디 사양하지 말고. 이노크가 돌아왔을 때 갚아도 좋으니 말이오.

애니, 알다시피 나는 별다른 어려움이 없지 않소? 내가 당신의 아이들을 학교에 보낼 수 있도록 허락해 줘요. 이 부탁을 들어달라고 당신을 찾아온 것이오."

필립의 간절한 목소리에 애니는 고개를 들지 못하고 말했습니다. 필립의 친절에 너무나 감동하여, 차마 필립에게 얼굴을 돌릴 수 없었던 겁니다.

"저는 당신 얼굴을 똑바로 대할 수가 없습니다. 너무나 절망한 나머지 당신 눈에 어리석은 여자로 보일까 봐서요. 당신이 들어왔을 때는 제가 슬픔에 짓눌려 있었지만, 지금은 당신의 친절한 마음에 목이 메네요. 하지만 이노크는 살아 있을 거예요. 저는 그가 반드시 돌아오리라고 믿어요. 돈은 남편이 돌아오면 갚아드릴 수 있겠지만, 당신의 친절은 어떤 식으로 갚을 수 있을까요……?"

"그러면 애니, 당신은 내 제안대로 하겠소?"

필립이 물었습니다.

애니는 몸을 일으켜 눈물 어린 눈으로 필립의 얼굴을 찬찬히 바라보았습니다.

필립을 바라보는 애니의 눈에는 고마움과 안도감이 가득 담겨 있었습니다.

"하느님의 은총이 언제나 함께하소서!"

애니는 필립의 머리에 손을 얹고 축복을 빌었고, 그의 손을 격정적으로 꼭 잡았다가는 놓으며 도망치듯이 마당으로 나갔습니다.

필립은 애니가 자신의 제안을 받아들이자, 이 집에 들어왔을 때보다 훨씬 평안하고 행복한 기분이 되어 가벼운 발걸음으로 돌아갔습니다.

'가여운 애니, 당신의 행복을 위해서라면 이제부터 어떤 일이라도 하겠소.'

필립은 이내 애니의 아들과 딸을 학교에 입학시켰고, 아이들이 필요로 하는 책들을 사주었습니다. 그뿐 아니라 보호자로서 할 수 있는 모든 것을 다하면서, 이노크의 아이들을 마치 자기의 자식인 양 자상하게 신경 써서 돌보아주었습니다.

필립은 혹시 자신으로 인해 애니가 이웃 사람들의 입줄에 오르내릴까 봐 보고 싶은 마음을 억누르며 찾아가는 일을 자제했습니다.

하지만 두 아이에게 모든 도움을 베푸는 건 물론이고, 애니에게는 철마다 자신의 집 마당에서 거둬들인 과일이며 울타리에 일찍 피거나 늦게 핀 장미꽃, 토끼 모피 등을 아이들을 통해 전달했습니다. 그런가 하면 생색내는 말을 삼가면서 얼마나 곱게 빻아졌는지 봐 달라는 등의 구실을 붙여서 방앗간에서 막 빻은 밀가루도 자주 보냈습니다.

필립은 그녀의 속마음을 알 길이 없었습니다.

애니는 필립에게 감사하다는 말을 어떻게 해야 할지 몰랐습니다. 애니는 그가 찾아와도 고마워하는 마음을 차마 털어놓지 못하고, 그저 잠자코 있었기 때문입니다.

그러나 아이들은 필립을 더없이 좋아하며 따랐습니다.

필립도 멀리서부터 아이들의 기척이 들리면 반갑게 뛰어나가 맞았습니다.

아이들은 방앗간에서 마음껏 떠들어도 여전히 귀엽게 봐주는 필립에게 언짢은 일이며 기뻤던 일 등을 모두 이야기했고, 필립을 '필립 아저씨'에서 '필립 아빠'라고 부르기 시작했습니다.

필립은 어느덧 아이들 가슴에 중요한 존재가 되었고, 아빠인 이노크의 모습은 점점 바래져서 새벽녘 길가에서 흐릿하게 보이는 그림자인 양 자연스럽게 아이들의 뇌리에서 잊혀 갔습니다.

이노크가 집을 떠날 때 너무 어렸던 아이들이 아빠를 잊어버리고 필립을 따르게 된 것은 전혀 이상한 일이 아닐지도 모릅니다.

이노크에 대한 소식은 바람결에도 들을 수가 없었습니다. 아이들과 함께 놀며 뒹굴 때 필립은 이 행복이 계속되기를 간절히 바라면서도, 한편으론 이노크에 대한 미안함을 좀처럼 떨쳐낼 수가 없었습니다.

애니와 함께하는 날들을 기다리고 기다리면서 봄이 가고, 여름이 가고, 또다시 봄이 가고 가을이 가고…….

그러는 동안 이노크한테서는 아무런 소식도 없이 십 년이란 세월이 흘렀습니다.

저녁놀이 빨갛게 물든 어느 가을날, 그 옛날 이노크와 사랑을 속삭이던 개암나무 숲에는 여전히 개암이 많이 떨어져 있었습니다.

애니의 아이들이 다른 친구들도 간다면서, 숲으로 개암을 주우러 가자고 졸랐습니다.

"엄마, 우리 개암 주우러 가요. 네? 엄마."

아이들이 계속 졸라대자, 애니는 아이들을 따라 집을 나섰습니다.

아이들은 애니의 양손을 잡고 끌면서 필립에게 데리고 갔습니다.

"필립 아빠도 함께 가야 더 재미있단 말이에요."

방앗간으로 가보니, 필립이 밀가루를 온통 뒤집어쓴 채 하얀 눈사람 같은 모습으로 분주하게 일하고 있었습니다.

"필립 아빠! 저희와 함께 개암 주우러 가요. 네?"

"그래요, 필립 아빠. 밖에 엄마도 와 계세요."

필립은 아이들이 소매를 잡아당기며 마구 졸라대는 바람에 어쩔 수 없이 아이들을 따라 나왔습니다.

바다 밑으로 가라앉으려 하는 해가 네 사람의 그림자를 길게 늘어뜨렸습니다.

필립 레이와 애니 그리고 두 아이, 이렇게 네 사람은 누가 봐도 한 가족처럼 다정하게 개암나무 골짜기를 향해 걸었습니다.

그러나 그들이 산길 중턱쯤 올라 비탈진 골짜기의 수풀이 성긴 곳에 이르렀을 때, 몹시 지친 애니가 한숨을 길게 내쉬며 아이들에게 말했습니다.

"잠깐만 쉬었다 가자꾸나."

"그렇게 하세요, 엄마."

애니와 필립이 나란히 앉는 것을 보자, 기다리지 않고 두 아이는 먼저 와서 개암을 줍는 친구들을 향해 소리치면서 새끼 다람쥐처럼 숲속으로 달려갔습니다. 그리고 뿔뿔이 흩어져서 저마다 개암 열매를 따기 위해 나뭇가지를 휘어잡기도 하고 흔들어대기도 하면서 수풀 이쪽저쪽으로 뛰어다녔습니다.

애니와 필립은 나란히 앉아 그 모습을 보면서 각기 다른 생각에 잠겼습니다.

필립은 애니가 곁에 있는 것도 잊은 채, 오래전 이 숲속에서 있었던 어두운 시간 속의 기억에 깊이 젖어 들었습니다.

'그 옛날, 이곳에서 나는 상처 입은 짐승처럼 한참을 흐느껴 울었었지. 눈에 띄지 않으려고 숨을 죽여 가면서⋯⋯.'

얼마 후 필립은 제정신으로 돌아와 애니를 바라보았는데, 그의 눈에는 진실한 사랑의 빛이 가득 담겨 있었습니다.

"애니, 아이들이 저 숲에서 뛰어놀고 있는 걸 봐요."

그가 말했으나 애니는 아무 대답도 하지 않았습니다.

"애니, 어디 아파요? 피곤해서 그래요?"

그늘에 싸인 애니의 얼굴을 보며 필립이 거듭 묻자, 애니는 아예 두 손으로 얼굴을 가리고 흐느끼기 시작했습니다.

그것이 이노크에 대한 그리움 때문이란 걸 알아챈 필립은 마음속에 노여움과 함께 연민이 치밀어 올라와서 격정적으로 말했습니다.

"애니, 들어봐요. 이 숲속에서 아이들이 얼마나 즐거워하는지⋯⋯. 제발 이렇게 슬픔에 잠겨서 살지 말아요. 이노크가 탄 배는 바다에 침몰했을 거예요. 그렇지 않다면 이노크가 이렇게 돌아오지 않는 이유가 무엇이겠소? 오지 않을 사람을 기다리느라 기나긴 세월을 이렇게 슬퍼하며 몸을 망치고, 또한 아이들을 아비 없는 불쌍한 아이들로 만들고 있잖아요. 엄마로서 그것이 진정 잘하는 일일까요? 어디 속 시원히 대답 좀 해봐요."

필립의 말에 애니는 가라앉은 목소리로 대답했습니다.

"저도 이제는 이노크가 돌아오리라고는 생각 안 해요. 하지만 아이들을 보고 있으면 왠지 눈물이 나서……."

필립은 애니가 가여워서 견딜 수가 없었습니다. 그래서 애니에게 다가앉으며 조용히 얘기했습니다.

"미안해요, 애니. 하지만 이노크가 떠난 지도 벌써 십 년 하고도 일 년이 더 지났어요. 이노크가 살아 있으리라는 희망은 이제 접어야 하지 않을까 싶어요. 이노크가 살아 있을 가능성도 없는데, 의지할 곳도 없이 외롭고 가난하게 지내는 당신을 보는 것은 정말이지 나에게 큰 슬픔이라고요. 그렇지만 당신도 알듯이, 남의 이목 때문에 마음껏 도울 수도 없잖아요.

그건 그렇고…… 내가 말하려는 뜻을 당신도 충분히 이해하리라 믿고 말할게요. 애니! 그러니 나의 아내가 되어주길 바랍니다. 아이들의 아버지가 될 수 있게 해줘요. 내 생각엔 아이들이 나를 아버지로서 사랑하고 의지하는 것 같아요. 그리고 나도 아이들을 자식처럼 사랑하고 있어요. 당신이 내 아내가 된다면 우리도 행복할 수 있으니, 제발 이 점에 대해 생각해 줘요. 더욱이 우리는 어릴 적 소꿉친구 아닌가요? 그 옛날, 당신이 알아채지 못할 때도 나는 당신을 사모

해 왔어요. 그러니 지금이라도 신께 용서를 구하고 우리가 결혼한다면, 당신과 아이들을 더없이 행복하게 해줄 수 있을 거예요."

필립의 말이 끝나자, 애니가 나직한 목소리로 말했습니다.

"당신은 하느님이 우리 가족에게 보낸 천사 같은 존재예요. 하느님의 은총이 당신과 늘 함께하길 간절히 기도했어요. 하지만 필립, 하느님께서는 당신에게 나와는 비교도되지 않을 만큼 상냥하고 좋은 분을 보내주실 거예요."

애니는 잠시 멈추었다가 덧붙였습니다.

"사람이 한평생 두 번씩이나 진정한 사랑을 할 수 있을까요? 내가 이노크를 사랑했던 것처럼 당신을 사랑할 수 있을까요?"

"이노크처럼 사랑을 받지 못하더라도 좋습니다. 애니! 어쩌면 이다지도 내 마음을 몰라주는 겁니까?"

필립의 커다란 목소리에 애니가 슬픔에 찬 울음을 터뜨렸습니다.

"필립, 그만해요! 만약에 이노크가 돌아온다면……. 하지만 이노크는 돌아오지 않을 거예요. 희망은 거의 없어요. 하지만 일 년만 더 기다려줘요. 일 년은 그리 길지 않아요.

일 년 동안 그이의 생사라도 알 수 있지 않을까요?"

"그래요, 애니. 이제껏 긴 세월을 기다려 왔는데, 일 년쯤 못 기다릴 것도 없지요. 하지만……."

필립이 슬픈 눈을 하고 떨리는 목소리로 말했습니다.

"정말이지 굳게 약속하겠으니 일 년만 기다려주세요."

애니가 나지막하게 말했습니다.

"알겠어요. 앞으로 일 년을 더 기다릴게요."

필립이 대답했습니다.

두 사람은 잠시 말없이 앉아 있었습니다.

필립은 문득 고개를 들어 희미한 저녁놀이 서쪽 편 덴마크 사람들의 무덤가로 스러져가는 것을 바라보았습니다.

이윽고 밤공기가 차가워지자, 애니는 자리에서 일어나 멀리 수풀 속에 있는 아이들을 불렀습니다.

아이들이 개암나무 열매를 바구니에 가득 담아 올라오자 그들은 모두 마을로 내려갔습니다.

애니의 집 앞에 이르자, 발걸음을 멈춘 필립이 애니의 손을 잡으며 다정하게 말했습니다.

"애니, 아까 내가 한 말 때문에 마음이 심란했을 거예요. 내 잘못입니다. 하지만 당신에 대한 내 마음은 언제나 그대로이지만, 당신은 그것에 얽매이지 않아도 괜찮아요."

애니가 두 눈에 눈물을 가득 담은 채 말했습니다.

"내 마음도 그대로예요."

애니는 다시 일상으로 돌아와서 무심한 듯 하루하루를 보냈지만, 마음속에서는 필립의 말이 계속 맴돌았습니다.

그녀가 '그 옛날, 당신이 알아채지 못할 때도 나는 당신을 사모해 왔어요.'라는 필립의 말을 되새기고 있는 동안에 세월은 어느덧 화살처럼 흘러 또다시 가을이 찾아왔습니다.

개암나무 숲에는 또다시 개암이 주렁주렁 열리고 연이어 떨어지는 나뭇잎이 깊어가는 가을을 재촉하고 있었습니다.

필립은 그때의 약속을 떠올리며 애니를 찾아왔습니다.

"벌써 일 년이 지나갔나요?"

애니가 물었습니다. 깜짝 놀란 듯이, 믿을 수가 없다는 듯이. 일 년이 그렇게 빨리 갈 줄이야…….

"네, 일 년이 되었습니다. 개암나무 열매가 다시 익었어요. 자, 나와서 봐요."

그러자 애니가 말했습니다.

"기다려주세요. 생각할 것이 많으니 한 달만 기다려주세요. 꼭 약속할게요. 한 달만 참아주세요."

평생을 두고 못 잊을 갈망을 눈빛에 가득 담은 필립은 술 취한 사람의 손처럼 흔들리는 목소리로 말했습니다.

"언제까지라도 기다릴게요. 당신 마음이 내킬 때까지."

애니는 그에 대한 연민 때문에 그만 울고 싶어졌습니다.

그 뒤로도 그녀는 말도 안 되는 변명을 하면서 이런저런 이유로 하루 이틀 자꾸만 날짜를 미뤘습니다.

필립의 진심을 시험하듯이 애를 태우는 동안 어느새 반년이 꿈처럼 지나가 버렸습니다.

겨울이 지나고 연초록빛 귀여운 새싹들이 돋아나는 봄이 왔습니다.

그 사이에 필립은 눈에 띄게 핼쑥해졌고, 남의 말 하기 좋아하는 사람들은 필립을 보고 이렇게 수군거렸습니다.

"애니가 필립의 마음을 떠보려고 저렇게 새침을 떠는 게 아닐까?"

그뿐 아니라 마을 사람들은 둘에 대해 이런저런 비웃음 섞인 이야기를 하기 시작했습니다.

어떤 사람은 필립이 애니를 조롱하는 거라고, 어떤 사람은 애니가 필립의 마음을 끌려고 수작을 부린다고 속닥거

렸습니다. 또 어떤 사람은 두 사람을 서로의 마음조차 알지 못하는 바보들이라고 비웃었습니다. 뱀처럼 악한 마음이 똬리를 틀고 있는 어떤 사람은 두 사람을 불순하고 부정한 정사(情事)를 나누는 관계일 뿐이라고 매도했습니다.

어머니를 한 여성으로서 이해하려는 딸아이는 그들 모두에게 소중한 사람인 필립과 결혼하라고 졸랐습니다. 아들도 아무런 말은 하지 않았지만, 얼굴을 보면 그가 무엇을 원하는지 알 수 있었습니다.

애니는 야위어가는 필립의 얼굴을 보고 그것이 모두 자기 탓이라 생각되어 몹시 마음이 저리고 아팠습니다.

하지만 그녀는 여전히 자신의 마음을 정하지 못했습니다. 그녀는 이노크가 살았는지 죽었는지를 알지 못했기 때문에 밤낮 걱정만 할 뿐이었습니다.

그러던 어느 날 밤이었습니다. 그날도 애니는 잠을 이루지 못하고 침대 위에서 뒤척이다가 의심과 두려움을 거둘 수 있는 신호를 달라고 하느님께 간곡히 기도했습니다.

"이노크는 도대체 어디에 있나요? 하느님, 부디 제가 갈 길을 알려주세요. 제 남편 이노크가 과연 살아 있는지 죽었는지 제게 가르쳐주세요."

어둠 속에서 한동안 기도하던 애니는 마음의 공포를 이기지 못하고 자리에서 일어나 등불을 켜고는 필사적으로 성경을 꺼내 펼쳐 들었습니다.

우연히 그녀가 손가락으로 짚은 구절을 보니 '종려나무 아래에'라고 씌어 있었습니다.

"종려나무 아래에? 대체 무슨 의미일까?"

애니는 곰곰이 생각했지만 아무런 뜻도 찾지 못하고 성경책을 덮었습니다. 그러고는 그냥 잠들어 버렸습니다.

그녀의 꿈속에서 이노크는 언덕의 종려나무 아래에 자리 잡고 앉아 있었고, 태양이 그의 머리 위에서 빛나고 있었습니다.

애니는 꿈속에서 생각했습니다.

'남편은 이미 죽은 거야. 남편은 천국에서 호산나를 부르며 행복하게 지내고 있어. 거기에는 천국의 태양이 빛나고 있고, 종려나무 주위에서 행복한 사람들이 모여 호산나를 외치고 있는 거야. 이노크, 당신은 죽었군요. 죽어서 천국에 계시는군요. 으흐흑.'

잠들어 있는 애니의 눈에서 눈물이 흘렀습니다.

그 순간 애니는 꿈에서 깨어났습니다.

다음 날, 애니는 이노크를 생각하는 자신의 마음을 힘들게 정리했습니다. 그리고 아이들을 시켜 필립을 데려오게 했습니다.

필립이 도착하자 애니가 발작하듯 말했습니다.

"당신과 결혼하겠어요. 필립, 우리가 결혼하지 못할 아무런 까닭이 없어요!"

필립은 그 깊은 눈동자에 기쁨을 가득 담고 애니에게 대답했습니다.

"자, 그러면……. 제발 우리 두 사람을 위해서라도, 가까운 날 하느님 앞에서 식을 올립시다."

이리하여 필립과 애니는 결혼식을 올렸습니다.

오랜 세월이 흘러 마침내 애니와 필립은 부부가 되었고, 미루어진 둘의 결혼을 축하하는 듯 마을 사람들의 따뜻한 박수 속에서 교회 종소리가 작은 읍내에 오래오래 울려 퍼졌습니다.

어릴 적 천진난만했던 이노크와 필립 그리고 애니, 이 세 사람의 운명은 몇십 년이 흐른 지금에 와서 이렇게 다른 방식으로 엮인 것입니다.

그러나 애니의 가슴은 왠지 행복하게 뛰놀지 않았습니다. 길을 걸을 때면 발걸음이 제자리에서 벗어나 구덩이로 떨어질 것 같았고, 바람이 불면 무엇인지 모를 어떤 속삭임이 바람 속에서 들리는 것 같았습니다.

그래서 그녀는 집에 홀로 있는 것도, 또 혼자서 집 밖으로 나다니는 것도 좋아하지 않았습니다.

외출했다 집으로 돌아오면 그녀는 현관 앞에서 멈칫했고, 방으로 들어가기 전에는 뭔지 모를 두려움이 자신을 감싸서 머뭇거리기 일쑤였습니다. 이 집이 마치 자기가 들어가서는 안 될 곳이라도 되는 것처럼. 하지만 무엇 때문에 그런지는 알지 못했습니다.

필립은 그런 그녀를 보면서, 그와 같은 불안감과 두려움은 새롭게 결혼생활을 시작한 사람들에게서 흔히 나타나는 문제라고 생각했습니다.

'여자이기 때문일 거야. 더구나 아기를 가졌으니 몸도 마음도 편치 않겠지. 저런 공포심쯤은 으레 있을 수 있는 일이야.'

필립은 아이가 태어나면, 애니의 그러한 상태는 모두 다 나아질 거라고 생각했습니다.

이윽고 필립의 아기가 태어났습니다. 애니의 마음도 한결 새로워지고, 새로운 모성애가 그녀의 가슴속에서 우러나왔습니다.

귀엽고 예쁜 아기에게 푹 빠져 필립과 애니는 더없이 행복해했습니다.

마음씨 착하고 다정한 필립이 한없이 좋은 사람으로 느껴지면서, 애니의 마음에 어른거렸던 어두운 그림자와 불안함도 서서히 걷혀 갔습니다.

그녀는 어느새 필립의 좋은 아내이자, 필립을 가장 사랑하는 여인이 되었습니다.

3
귀향을 서두르는 조난자

그렇다면 과연 이노크는 어디에 있을까요?

이노크가 탄 배는 '행운호'라고 하는 무역선이었습니다.

이노크가 배를 타고 떠난 날부터 순조로운 항해가 계속되었습니다. 가도 가도 끝없는 바다 위를 달리면서 이노크는 집에 남아 있는 애니와 아이들을 생각했습니다. 벌써부터 애니와 아이들이 보고 싶었지만 미래에 대한 희망을 안고 모든 걸 참아냈습니다.

'행운호'는 비스케이만(Biscay灣, 프랑스 브르타뉴반도와에스파냐 오르테가르곶 사이에 있는 큰 만)의 거친 파도로 자칫 위험에 처하기도 했지만, 열대지방의 바다는 잔잔하여미끄러지듯 지나쳤습니다.

하지만 희망봉 근처에서는 변덕스럽게 불어대는 바람에 오랫동안 배가 요동을 쳤고, 또다시 열대지방의 넓은 바다를 지나 적도를 횡단하고 나니 하늘의 은혜로운 입김처럼 부드러운 바람이 불어왔습니다. 그리고 동부 인도의 섬과 작은 섬들을 무사히 지나쳐 드디어 목적지인 중국의 한 항구에 닻을 내렸습니다.

중국의 항구에서 나름대로 장사를 시작한 이노크는 돈도 많이 벌었고, 아이들이 좋아할 만한 괴상하고 재미있는 괴물 인형과 금박을 입힌 용 인형을 선물로 사기도 하면서 집으로 돌아갈 꿈에 부풀었습니다.

마침내 집으로 돌아가는 항해가 시작되었습니다.

처음에는 위풍당당한 뱃머리를 앞으로 하고 일체의 요동도 없이 노깃(노를 저을 때 물속에 잠기는 노의 넓적한 부분) 너머를 응시하면서 끝없이 넓고 잔잔한 바다를 순조롭게 나아갔습니다.

뱃머리에서 새털처럼 하얗게 흩어지는 물살을 바라보며 이노크는 아내와 아이들을 만날 기대에 부풀었습니다.

'녀석들, 조금만 참아라. 이제 이 아빠가 간다. 내가 가서 너희들을 호강시켜 줄게.'

그런데 이게 웬일입니까? 얼마 안 되어 방향이 일정하지 않은 수상한 바람이 불기 시작하더니, 하늘에 먹구름이 잔뜩 드리워졌습니다. 그러다가 급기야는 거센 폭풍이 몰아치면서 배가 흔들리기 시작했고, 하늘이 점점 더 어두워지는가 싶더니 이내 캄캄해졌습니다.

컴컴한 바다에서 사정없이 흔들리던 배는 "암초다!" 하고 소리지를 새도 없이 암초에 부딪히고 말았습니다.

"우지끈, 쾅!"

순식간에 배는 산산이 부서져 버리고, 선원들은 악마의 입 같은 바닷속으로 빠져들어 허우적거렸습니다.

이노크와 그의 동료 선원 두 사람은 천신만고 끝에 배에

서 빠져나왔지만, 수많은 선원과 화물을 실은 커다란 배는 그대로 침몰하여 더는 모습을 드러내지 않았습니다.

다음 날이었습니다.

간밤에 무슨 일이 있었느냐는 듯 바다 끝에서 서서히 태양이 떠오르고, 잔잔해진 바다 위로 둥실둥실 떠다니는 물체가 보였습니다.

배에서 빠져나온 세 사람이 칠흑 같은 어둠 속에서 한밤중부터 새벽까지 부러진 돛대와 밧줄에 매달려 둥둥 떠돌아다니다가 조그만 무인도 기슭으로 떠밀려온 것입니다.

이렇게 하여 이노크 아든은 두 사람의 동료 선원과 함께 그 무인도에 정착하게 되었습니다.

다행스럽게도 적막하기 그지없는 이 무인도에는 탐스러운 과일이며, 밤 같은 토실한 열매, 자양분이 많은 푸나무 뿌리 등 식량이 될 만한 것이 널려 있었습니다. 또 사람을 두려워하지 않는 새와 짐승들이 많았고, 그것들을 얼마든지 손쉽게 잡을 수 있어서 먹을 것에는 부족함이 없는 곳이었습니다.

세 사람은 드넓은 바다가 내려다보이는 산골짜기에 오두막을 짓고 널따란 종려나무 잎사귀를 꺾어 지붕을 이었습니다. 오두막이라고는 하나 절반은 자연 그대로의 암굴이었습니다. 하지만 의지할 곳 없는 세 사람은 이 섬을 에덴동산이라 여기며 끝없이 이어지는 여름을 부족함 없이 보낼 수 있었습니다.

하지만 세 사람 중 한 명은 아직 어린 티가 나는 소년이었는데, 배가 난파당하던 날 밤에 부상을 크게 당해 그대로 누워서 지내야만 했습니다.

두 사람은 그 소년을 혼자 내버려 두고 떠날 수가 없어 그 곁을 지키며 돌보았는데, 그렇게 3년을 누워서 지내다가 세상을 떠나고 말았습니다. 소년의 죽음은 나머지 두 사람에게 슬픔과 절망을 더해 주었습니다.

소년이 세상을 떠난 뒤 어느 날, 남은 두 사람은 땅에 깊숙이 박혀 있는 통나무 하나를 발견했습니다. 그리하여 둘은 그것을 이용하여 섬에서 탈출을 시도하려고 계획했습니다.

이노크와 그의 동료 선원은 인디언들의 방법대로 통나무 속을 파내어 배를 만들려고 애를 썼습니다. 그러나 뜨거운 열대의 강렬한 태양 아래에서 지나치게 무리한 탓인지, 동료 선원이 일사병에 걸려 죽고 말았습니다.

끝도 없이 넓은 바다 한가운데 조그맣게 솟아 있는 작은 섬에 오직 이노크만 외톨이로 남은 것입니다. 그는 동료 두 사람의 죽음을 자신에게 '더 기다려라.'고만 하시는 하느님의 경고로 받아들였습니다.

이노크의 동료가 죽기 전에 두 사람이 만들어 놓은 그럴 싸한 오두막은 열대 섬의 장마를 피하기에는 안성맞춤이었습니다. 혼자 남은 이노크는 나무와 새들, 그리고 바람이 울부짖는 바다와 어울려서 고독한 생활을 이어갔습니다.

이노크의 눈앞에는 산마루까지 나무로 숲을 이룬 산, 하늘로 오르는 길이라 여겨질 만큼 높고 아득한 초원, 숲 아래로 구불구불 휘도는 언덕이 이어져 있었습니다. 그와 더불어 하늘거리는 야자나무 끝에 늘어진 새털 깃, 번갯불처럼 날아가 버리는 벌레며 새들, 혹은 굵은 나무줄기를 감거나 바다 기슭까지 넝쿨을 뻗는 화려한 배꽃의 아롱진 색채만이 꿈에서 본 풍경인 듯 어른거렸습니다.

하지만 이노크가 그토록 보고 싶어 하는 사람들의 얼굴은 어디에서도 찾을 수 없었고, 그리운 목소리 또한 아무 데서도 들리지 않았습니다.

"오, 하느님! 애니를 볼 수 있게 해주십시오. 우리 아이들을 볼 수 있게 해주십시오. 저를 그리운 우리 집으로 갈 수 있게 해주십시오."

이노크는 날마다 간절히 기도하면서, 해가 뜨고 지는 광경과 하늘에서 빛나는 별을 하염없이 바라보았습니다. 난파 선원이라도 있을까 싶어 해안가를 헤매고 돌아다니기도

하고, 혹여 멀리 지나가는 배라도 있을까 싶어 바다를 망연
자실하게 바라보기도 했습니다.

하루도 빠짐없이 종려나무며 전나무 잎 사이로 아침 해
가 햇살을 쏟아부으며 동쪽 바다 위로 떠올랐고, 서쪽 바다
로 스러져갔습니다.

밤하늘에 반짝이는 큰 별들이 소리 없이 빛나는 가운데
밀물과 썰물이 오가면서 파도 소리가 떠들썩하다가 다시
아침 해가 붉게 떠올라와도, 사람의 흔적이나 그림자는 어
디에서도 보이지 않았습니다.

"아아, 보고 싶은 애니! 우리 아이들은 지금 얼마나 자랐
을까?"

촉촉하게 젖은 이노크의 눈엔 화려하게 피어 있는 이름
모를 꽃들도 그저 무심하게만 보였습니다.

함께 이야기 나눌 사람 하나 없이 날마다 가족들을 생각
하면서 긴긴 하루해를 보내고, 새로운 날을 맞이한 세월이
벌써 십 년이나 흘렀습니다.

하지만 아무리 귀를 기울여 보아도 들리는 건 가없는 하
늘에 동그라미를 그리며 나는 물새들의 우짖는 소리와 암
초에 부딪혀 굽이쳐 도는 파도의 울부짖음, 머리 위로 뻗친

가지 끝으로 꽃 냄새를 풍기는 미풍의 속삭임, 혹은 산골짜기에서 바위틈으로 흘러내려 바다로 들어가는 물소리뿐이었습니다.

이노크가 간혹 멍하니 수평선을 바라보고 있을 때면 황금색 도마뱀이 그의 몸으로 기어올라 그를 구경하듯 바라다보기도 했습니다. 하지만 이노크의 눈은 바다를 향해 굳어져 버린 듯했고, 그의 눈에는 수많은 허깨비들이 자신에게 들러붙어 움직이는 잔상만 남아 있을 뿐이었습니다.

그는 그렇게 밤이나 낮이나 바닷가 바위 위에 앉아서 기다리고 또 기다렸습니다. 하지만 지나가는 배는 끝내 보이지 않았습니다.

이노크가 절망에 빠져 몸 하나 까딱 않고 빤히 바다만 바라보고 있다 보면 온갖 환영(幻影)이 얽히고설킨 채 그의 눈앞에 어른거렸습니다. 아마도 이노크는 적도 너머 아득히 먼 북녘땅을 헤매고 있었을 겁니다. 자신이 알고 있는 사람들과 장소와 사물과 그리운 일들을 추억하면서…….

'아아, 내 사랑 애니!'

그리고 잠시도 잊지 못할 천진하고 귀여운 자식들, 아이들의 옹알거리는 말소리, 또한 자그맣지만 포근한 나의 집,

거리의 언덕길, 풍차 도는 방앗간, 나무 사이로 뻗어 나가는 낙엽 쌓인 오솔길, 가을이면 개암이 숱하게 떨어지는 우거진 골짜기, 공작새 모양의 푸르디푸른 주목나무, 조는 듯이 호젓한 저택, 자신이 타고 돌아다니던 말, 어쩔 수 없이 팔아버린 나의 배……

이노크의 상상은 끝도 없이 이어져 갔습니다.

떠나올 때 갓난아기였던 막내는 얼마나 컸을까?

(안타깝게도 이노크는 그 아기가 죽었다는 사실도 모릅니다.)

아기의 방긋 웃는 모습을 생각하면서 무표정하던 이노크의 얼굴에 미소가 번졌습니다.

"아! 보고 싶다. 너무나 보고 싶다."

이노크는 또다시 뜨거운 눈물을 주르륵 흘렸습니다.

날마다 무더운 여름 날씨인 이 섬에서 겨우 목숨만 유지해 가고 있는 이노크는 차가운 동짓달의 바람을 온몸으로 느끼고 싶었습니다. 촉촉이 이슬비가 내린 어두침침한 골짜기를 거닐고 싶었습니다. 가을날 떨어지는 마른 잎사귀의 냄새를 맡고 싶었습니다.

이노크는 이렇게 상상뿐인 꿈의 세계에 빠졌다가도 이내 천길만길 떨어진 현실의 세계로 돌아오곤 했습니다.

이렇게 지난날의 추억을 떠올리며 하루하루를 보내던 어느 날, 이노크는 귓결에 아득히 먼 어느 곳에서 들려오는 교회 종소리를 들었습니다. 희미하게 울려 퍼지는 그 소리를 듣는 순간 고향의 교회에서 듣던 소리라는 생각이 들어, 이노크는 부들부들 떨면서 자신도 모르게 벌떡 일어났습니다.

"뎅, 뎅, 뎅."

잠시 후 종소리는 사라졌고, 그는 아름다운 섬의 거친 모래밭에 홀로 앉아 있는 자신을 발견했습니다.

그는 눈앞이 캄캄해지면서 한 가닥 희망마저 사라져 버린 것 같은 절망감에 거의 숨이 끊어질 것만 같았습니다. 게다가 저주스러운 자신의 신세를 생각하자, 너무나 고독하고 적막하여 견딜 수가 없었습니다.

"아아, 하느님! 저를 살려 주십시오. 나의 사랑하는 아내와 아이들을 보기 전에는 죽을 수가 없습니다. 저를 아내와 아이들이 있는 곳으로 인도해 주시옵소서."

이노크는 세상 모든 곳에 존재하면서 쓸쓸한 처지를 위로해 주시는 하느님께 자신의 고뇌를 호소하며 간신히 몸과 마음을 추슬러 나갔습니다.

이렇게 일 년, 또 일 년이 지나면서 가뭄과 장마가 여러

번 오갔습니다.

어느덧 이노크의 머리칼은 희끗희끗해졌습니다. 하지만 사랑하는 아내와 아이들을 만나고, 그리운 고향의 들판을 거닐고 싶다는 그의 염원은 갈수록 더해 갔습니다. 그것만이 그를 지탱시켜 주는 유일한 생명줄이었습니다.

그러던 어느 날, 외로운 운명의 끝이 갑자기 다가왔습니다. 이노크가 뜻밖의 구조를 받게 된 것입니다.

'행운호'와 마찬가지로 거센 바람에 휩쓸려 파도 사이를 헤매던 배 한 척이 어딘지도 모르는 채 이 섬의 가장자리에 닻을 내렸습니다.

동녘 하늘이 환히 드러난 새벽녘, 배의 키잡이가 섬을 둘러싼 아침 안개 속에서 소리는 들리지 않았지만 산턱으로 흘러내리는 물을 찾아낸 것입니다.

그리하여 섬에 오른 한 무리의 선원들이 뿔뿔이 흩어져서 맑은 냇물이며 샘터를 찾아다니자, 파도 소리와 바람 소리 밖에 들리지 않던 조용한 해변이 갑자기 시끄러운 소리로 술렁거렸습니다.

이노크는 그 광경과 그 소리에 극도로 혼란스러워하며 산골짜기에서 걸어 나와 아래쪽으로 비틀거리며 내려갔습니다.

땅에 끌릴 정도로 길게 자란 머리칼이 제멋대로 헝클어진 데다 다리까지 늘어진 덥수룩한 수염, 검게 탄 몸에 이상한 거적때기 같은 것을 걸쳐 유령 같아 보이는 그가 투덜대듯 우물우물 말하면서 내려가자, 그중 맨 먼저 그를 발견한 선원이 귀신이라도 본 것처럼 소리쳤습니다.

"아악! 다, 당신은 누구요? 사람이요, 유령이요?"

자세히 보니 사람이 분명했습니다.

"당신은 누구신데 이곳에 있습니까?"

선원 한 사람이 물었는데도 이노크는 말을 제대로 하지 못하고 안절부절못하다가, 곧이어서 손짓과 발짓을 해대며 이상한 소리를 냈습니다.

불행하게도 이노크는 이미 말을 잊어버린 듯했습니다. 무언가 열심히 말을 하려고 했으나 까닭 모를 소리만 튀어나올 뿐이었습니다.

"혹시 바보 천치가 아닐까?"

한 사람이 이렇게 말했습니다만, 이노크는 앞장서서 맑은 물이 샘솟는 곳으로 사람들을 데리고 갔습니다.

이노크는 선원들 틈에서 그들이 말하는 것을 듣던 중에 오랫동안 사용하지 않아 굳었던 혀가 풀려 가까스로 의사를 전달할 수 있었습니다.

"크으! 물맛 참 좋다."

선원들은 물통마다 가득 샘물을 퍼담은 다음 이노크를 자신들이 타고 온 배로 데려갔습니다.

배에 올라탄 이노크는 처음에는 떠듬거리다가, 잊었던 말이 조금씩 돌아오자 이제까지 자신이 겪은 일을 들려주었습니다.

"세상에! 이럴 수가!"

"정말 불행한 일이로군."

처음에는 모두들 믿기지 않는다는 표정으로 이노크의 이야기를 듣다가 차츰 흥미를 느끼더니, 나중에는 감동해서 눈물을 흘리는 사람까지 있었습니다.

"정말 믿기 어려운 일이야. 십몇 년을 그 섬에서 혼자 살고 있었다니!"

이노크의 처지를 안타깝게 여긴 선원들은 앞다투어 자기 옷을 벗어서 입혀주는 등으로 친절을 베풀면서, 그를 고국으로 데려다주겠노라고 약속했습니다.

무인도에서의 삶을 마감한 이노크는 머리도 단정하게 자르고 수염도 깨끗이 다듬었습니다. 하지만 예전의 건강했던 모습은 이제 더 찾을 수 없었습니다.

이노크의 두 번째 귀향 항해는 이렇게 시작되었습니다. 이노크는 이제야말로 꿈에 그리던 고향으로 돌아갈 수 있다는 기대에 부풀었습니다.

하지만 귀향을 위한 항해는 기다림만큼이나 길고 지루했습니다. 기상 상황이 항해하기에 좋지 않아, 중간에 몇 번이나 멈추곤 했습니다. 게다가 풍랑에 견디기 힘든 낡은 배라서 이모저모로 잔손이 많이 갔습니다.

이노크는 그동안의 지독한 외로움을 털어내고 말도 나눌 겸 해서 갑판으로 나가 선원들과 어울려 부지런히 일했습니다. 그렇지 않고서는 느릿느릿한 항해가 초조해서 견딜 수 없었던 것입니다.

짜증스러운 열풍이 불어올 때마다 바람이나 배보다도 그의 생각이 앞질러 달려갔습니다.

"애니! 이제 내가 가오. 당신과 아이들 곁으로 내가 간단 말이오."

그러나 선원들 중에는 이노크의 고국에서 온 사람은 찾아볼 수 없었고, 이노크가 간절히 바라던 대답이나 소식을 줄 만한 사람도 없었습니다.

마침내 달도 별도 없는 어느 날 밤에 갑판에 나와 있던

이노크는 해안선 벼랑 저쪽에서 익숙한 고향 땅의 바람이 불어오는 것을 느꼈습니다. 향긋한 풀 냄새가 섞인 바람을 가슴속 깊이 들이마시자, 두근거리는 열기가 온몸에 퍼지는 것 같았습니다.

날이 훤히 밝아 올 무렵, 이노크의 눈에는 그동안 한시도 잊어본 적 없는 바닷가의 작은 마을이 나타났습니다.

아침이 되자, 배의 선장과 선원들은 너나 할 것 없이 이노크의 손을 꼭 잡고서 격려의 말을 건넸습니다. 그들은 오랜 세월을 인고의 기다림 속에서 보낸 외롭고 가엾은 그를 위해 '가족이나 친구들을 찾아갈 때 쓰라.'며 십시일반 모은 돈을 손에 쥐여 주었습니다.

"여보게, 잘 가게나. 가족들을 만나 부디 행복하게 살기를 바라네."

이노크는 얼마 동안 정들었던 작은 배의 선원들과 헤어져 낯익은 포구에 내렸고, 그들이 탄 배는 해안을 따라 점점 멀어져 갔습니다.

그들이 이노크를 내려준 곳은 십몇 년 전에 그가 항해를 떠났던 바로 그 항구였습니다.

이노크는 드디어 자신이 살던 항구도시에 들어섰습니다.

그는 어느 누구에게도 말을 붙이지 않고 자신이 살던 집이 있는 곳으로 묵묵히 발걸음을 재촉했습니다.

아아, 집이라…… 그의 집이 도대체 어디 있단 말인가?

오랜 세월이 흘렀건만 풍경은 전혀 낯설지 않았습니다. 마음이 바쁜 그는 길을 가는 동안, 다만 나무와 들판과 목장을 흘깃 보았을 뿐 거의 뛰다시피 걸었습니다.

햇볕이 밝게 빛나고 있었지만 추위가 뼛속 깊이 스며들었습니다. 잎사귀가 다 떨어져 뼈만 앙상하게 드러난 나뭇가지 사이로는 연신 찬 바람이 불어오고 있었습니다. 그곳은 겨울이 한창이었습니다.

그가 살던 마을이 가까워질 때쯤 짧은 겨울의 태양은 어느덧 서산으로 기울고, 바다를 건너온 안개비가 머뭇거리며 살금살금 내리기 시작했습니다. 그때 나무 위에서 서글프게 지저귀는 울새 소리가 들려왔고, 안개 속으로 떨어지는 나뭇잎들이 눈앞에서 가물거렸습니다.

안개는 점점 짙어졌고, 어둠은 점점 깊어갔습니다. 안개로 흐려진 커다란 불빛이 갑자기 밝아졌을 때 그는 마침내 자기가 태어난 마을에 와 있다는 것을 알았습니다. 꿈에도 그리던 고향 마을에 들어선 것입니다.

이제 조금만 더 가면 이노크의 집이 있습니다. 그는 고개를 떨어뜨리고서 온갖 불길한 일이 떠오르는 것을 애써 떨쳐내며 언덕의 좁은 길을 숨죽여 걸었습니다.

드디어 그는 미치도록 그리워하던, 애니와 아이들과 같이 살던 자신의 집에 도착했습니다.

너무도 행복했던 7년간의 추억이 이노크의 마음속에서 차례차례 떠올랐습니다.

그러나 창가에는 불빛조차 비치지 않았고, 안에서는 어떤 기척도 들리지 않았습니다. 안개비를 통해 주의 깊게 바라보니, 유리창에 '집을 팝니다.'라는 흰 쪽지가 나붙어 있었습니다.

이노크의 가슴은 마구 두방망이질 쳤습니다.

'집을 팝니다. ……도대체 어떻게 된 일일까? 집을 팔다니! 애니와 아이들이 어떻게 된 걸까?'

정신이 멍해지고 아뜩해진 이노크는 놀란 가슴을 간신히 진정시키며 되돌아서서 언덕길을 걸어 내려왔습니다. 스스로에게 다음처럼 되뇌면서.

"죽은 걸까……? 아니면 다른 남자에게 시집이라도 간 걸까……?"

4
영웅적인 결심

이노크는 부두로 걸어 내려와서 이전에 그가 자주 다니던 부둣가 주막을 찾았습니다.

'그 주막이 여태 남아 있을까?'

그곳을 찾아가면서도 그는 두려웠습니다.

그는 무너질 듯한 몸을 간신히 가누고서 옛날의 기억을 더듬었습니다. 그 주막은 앞면을 잡목으로 얼기설기 만든 낡은 집이어서 헐어버렸을지도 모른다고 생각했는데, 아직 그 자리에 있었습니다. 토막나무로 여기저기 괴어 놓은 데다 벌레의 흔적이 곳곳에 얼룩진 모습으로.

주막의 바깥주인은 오래전에 세상을 떠났고, 그의 아내인 미리엄 레인(Miriam Lane)이 노구에도 불구하고 혼자

서 그곳을 지키고 있었습니다.

예전에는 주막에 선원들이 많이 드나들어 북적이고 번창했는데, 지금은 예전의 경기가 무색할 만큼 나날이 손님이 줄어들어 보잘것없는 상태에서 겨우 꾸려나가고 있었습니다.

그러나 아직도 나그네들을 위한 잠자리는 그대로 남아 있어서, 이노크는 이 주막에서 며칠 동안 머물면서 휴식을 취하기로 마음먹었습니다.

이노크는 달리 갈 데도 없었으므로 이 낡은 주막에서 며칠 동안 잠자코 지냈습니다.

그러자 수다스럽긴 해도 사람 좋은 주막집 안주인이 온종일 방에만 틀어박혀 있는 이노크에게 와서 말을 걸었습니다.

"어디 사는 누구신지 모르겠지만 어찌 그리 방에만 들어앉아 계시오?"

햇볕에 까맣게 그을린 데다 꾸부정한 허리며 슬픔으로 굳어 버린 이노크의 얼굴을 주막집 안주인은 전혀 알아보지 못했습니다.

안주인은 방으로 들어와 이런저런 이야기를 하기 시작했

습니다. 항구에서 해마다 일어났던 일들이며 마을 사람들의 이야기 등을 하다가 마침내는 이노크의 집안 이야기까지 나왔습니다.

"……그렇게 이노크가 떠나고 나서 애니는 정말 고생을 많이 했지요. 어린 젖먹이도 약을 제대로 못 쓰고 죽어버리고……."

안주인은 자신의 말에 도취해서 필립이 애니의 아이들을 학교에 보내준 이야기며, 오랜 세월에 걸친 필립의 연정을 좀처럼 받아들이지 않던 애니의 사정과 마침내 결혼식을 올렸으나 항상 불안해했던 애니의 모습 등을 구구절절 늘어놓았습니다. 그리고 지금은 필립의 아이를 낳아 행복하게 살고 있다는 말로 긴 이야기를 끝냈습니다.

"가엾게도 이노크는 배가 난파했는지 지금 행방불명이랍니다. 죽었는지 살았는지 전혀 소식이 없으니, 쯧쯧……."

주막집 안주인의 긴 이야기를 이노크는 아무런 표정 없이 눈 한 번 깜짝하지 않고 열심히 들었습니다. 이노크의 가슴은 걷잡을 수 없이 소용돌이쳤지만, 고뇌의 어두운 빛을 마음속으로만 새기고 있을 뿐이었습니다.

이 모습을 누군가가 본다면, 얘기하는 사람은 재미가 난

듯싶으나 듣고 있는 사람은 전혀 흥미를 느끼지 못한다고 생각했을 것입니다.

안주인이 방에서 나가고 난 뒤, 이노크는 희끗희끗한 머리를 흔들며 슬프게 중얼거렸습니다.

"난파해서 행방불명이다……."

그 말을 한동안 되뇌던 이노크는 소리 없이 흐느끼며, 가슴속에서 퍼 올린 낮은 목소리로 스스로에게 이렇게 말했습니다.

"이노크는 죽었다. 그래! 이노크는 이제 죽은 사람이다."

며칠 동안 방 안에만 틀어박혀 있던 이노크는 애니를 보고 싶다는 마음이 걷잡을 수 없이 밀려와 머리를 감싸며 괴로워했습니다.

"그래! 한 번만이라도 내 아이들과 사랑스러운 애니를 내 눈으로 보고, 그들의 행복한 모습을 두 눈으로 확인할 수 있다면 얼마나 마음이 놓일까……."

이런 생각이 마음속에서 들끓자, 이노크는 자신도 모르게 혼잣말처럼 중얼거렸습니다.

구름이나 바람 한 점 없는 어느 날, 동짓달 해가 저물어가는 저녁 무렵이 되자 그의 가슴속은 끈질기게 따라붙는 온갖 잡념으로 말할 수 없이 복잡했습니다.

이노크는 더는 참지 못하고 문을 박차고 밖으로 나와, 자신도 모르게 필립의 방앗간이 있는 언덕 쪽으로 발걸음을 옮겼습니다.

언덕에 올라 풀밭에 앉아서 산기슭으로 퍼지는 풍경을 바라보자, 수많은 추억이 어지러이 떠오르며 슬픔으로 가슴이 미어지는 것 같았습니다.

필립의 집은 한쪽이 큰길과 잇닿아 있었습니다. 어두운 밤이었는데 창문으로 불빛이 환히 새어 나왔습니다. 아련히 보이는 그 불빛이 철새를 꾀듯이 이노크를 유혹했고, 미친 듯이 그의 고단한 인생을 두들겼습니다.

지금, 이노크에게는 다만 애니의 얼굴을 보는 것이 유일한 열망이었기에 발걸음 소리를 죽여 가며 그리움에 이끌리듯 그 집으로 다가갔습니다.

필립의 서재는 길옆이었고, 뒤로는 사방이 울타리로 둘러쳐진 작은 정원에 잡초와 상록수들이 무성하게 자라고 있었습니다.

그 안에는 오래된 주목나무가 있었고, 그 옆으로 자갈을 깐 오솔길이 있었습니다. 가운데로 나 있는 그 오솔길은

정원을 양쪽으로 나누어놓았습니다.

이노크는 가운데 길을 피해서 담을 끼고 몰래 들어가 주목나무 뒤로 몸을 숨긴 다음, 벽에 붙어서 발걸음 소리를 죽여 창문께로 다가갔습니다. 그리고 집 안을 들여다보았습니다

아아, 눈에 들어온 광경은…… 이노크가 보지 않는 편이 차라리 좋았을 것을!

그는 창문을 통해 한 가족의 단란한 모습을 보고야 말았습니다.

슬픈 운명의 이노크에게 이보다 더한 고통이 세상에 또 있을까요?

하긴 이노크와 같이 슬픈 운명을 타고난 사나이에게는 좋을 것도 나쁠 것도 없을지 모르지만…….

이노크는 쓰러질 듯한 몸을 간신히 가누며 눈을 크게 떴습니다. 모든 걸 똑바로 보아두고 싶었던 겁니다.

광택이 나는 테이블 위에는 도자기며 은그릇 등이 눈부시게 반짝이고 있었고, 난로에서는 장작불이 환하게 타오르고 있었습니다.

난로 왼편에서는 옛날 이노크로부터 업신여김받던 필립

이 아기를 무릎에 앉혀놓고 어르고 있었습니다. 살집이 오른 몸과 윤기 흐르는 얼굴에 연신 웃음을 터뜨리면서……

필립의 등 뒤에서는 옛날 애니의 모습을 그대로 닮은 앳되고 키도 큰 금발의 소녀가 필립과 함께 아기를 어르면서 장난감을 흔들어 보였습니다.

아기는 두 손을 내밀어 소녀가 흔들어대는 장난감 고리를 붙들려고 하다가는 놓치고 또 놓치곤 해서, 그들의 행복한 보금자리를 웃음바다로 만들고 있었습니다.

그 웃음소리에 상냥한 애니의 목소리가 섞여들었습니다. 난로 오른편에 앉아 있는 애니는 틈틈이 아기에게 눈길을 주며 어르다가, 이따금 자기 곁에 서 있는 키 크고 늠름한 사내아이 쪽으로 고개를 돌려 뭐라고 속삭이곤 했습니다. 그 사내아이는 옛날 이노크의 모습을 빼다박은 듯했는데, 애기하는 동안 엄마를 바라보며 계속 미소를 지었습니다.

"오, 내 아들……. 오, 내 딸……."

그러나 이제는 그의 아들도 딸도 아니었습니다.

이노크, 죽었던 사람이 살아 돌아와서 아내를 보았지만 이제 더 이상 자신의 아내가 아니었습니다. 그의 손길이 닿을 수 없는 곳에 서 있는, 그 옛날의 아내였을 뿐입니다.

이노크의 두 눈은 꿈에도 잊지 못하던 아내 애니의 모습

과 평화롭고 행복해 보이는 가정을 뚫어질 듯 바라보고 있었습니다.

흰칠하고 어여쁘게 자란 자기의 아이들과 아주 온화하고 안정감 있어 보이는 필립의 모습에서 충격을 받은 이노크는 휘청거리며 몸을 떨었습니다.

이미 주막집 안주인에게서 모든 이야기를 들어 알고 있었지만, 그리고 알고 있던 사실을 두 눈으로 확인한 것뿐이었지만, 눈앞의 모습은 듣던 것보다 더욱 가슴을 쥐어짜는 통증으로 다가왔습니다.

슬픔으로 눈이 캄캄해진 이노크는 몸을 부르르 떨며 비틀거리다가 나뭇가지를 손으로 움켜잡았습니다.

"으흐흑……."

이노크의 입에서 가느다란 신음이 절로 새어 나왔습니다.

이노크는 터져 나오려는 흐느낌을 억누르며 가만가만 발길을 돌렸습니다. 그는 자갈길에서 돌멩이가 서로 부딪히는 소리가 나지 않게 하려고 조심해서 걸음을 옮겨 더듬더듬 대문께로 물러 나왔습니다.

만약 이노크가 슬픔을 참지 못하고 그곳에서 흐느껴 울었다면, 그래서 누군가가 그 소리를 듣고 뛰쳐나와 이노크를 알아봤다면 창문 안 난롯가의 행복은 순식간에 깨어졌을지도 모릅니다.

　도둑처럼 살며시 그곳을 빠져나온 이노크는 어둠을 헤치고 황량한 들판으로 뛰쳐나갔습니다. 차가운 밤바람이 이노크의 얼굴을 때렸습니다.

　들판으로 나온 이노크는 무릎을 꿇고 자신의 소망을 기도드리려 했으나, 힘이 빠져 그만 땅바닥에 쓰러지고 말았습니다. 그는 쓰러진 상태에서 손끝을 진흙땅에 파묻은 채

마음속으로 울부짖으며 하느님께 기도했습니다.

"이 모든 것을 견디기에 너무도 힘이 듭니다. 하느님, 당신은 어찌하여 저를 이 땅으로 데려오셨나요? 당신은 제가 무인도에 홀로 있을 때도 저의 흔들리는 마음을 꼭 붙들어 주셨습니다. 하느님, 제발 출렁이는 저의 마음을 붙들어 주시고, 쓸쓸해서 견딜 수 없는 제게 힘을 주시옵소서! 한 오라기 희망마저 사라져 버리고 절망에 빠진 저에게 용기를 주소서. 저를 도와주시고 격려해 주시어, 제가 여기 있다는 말을 입 밖에 내지 않겠다는 결심을 죽는 날까지 지킬 수 있게 해주소서. 제 아내의 마음을 헝클어놓지 않도록 제게 힘을 주시옵소서."

이노크는 기도를 하면서, 마음속으로 계속 이렇게 되뇌었습니다.

'알리지 말자. 알리지 말자. 나의 존재를 알리지 말자. 나로 인해 그들의 평화와 행복이 깨져서는 안 된다……'

어두운 벌판 한가운데에 쓰러져 신께 기도하던 이노크는 잠시 동안 정신을 잃었습니다. 땅속에서 스며 나오는 차가운 기운이 그의 몸으로 파고들었습니다. 죽은 듯이 엎드려 있던 이노크는 간신히 정신을 차리고 일어났습니다.

이노크는 주막집으로 가기 위해 무거운 발을 끌며 길고

좁다란 길을 터벅터벅 걸었습니다. 그러나 어지러운 그의 머릿속을 떠나지 않는 한 가지 생각이 있었습니다.

'내 아이들에게는 말을 붙여도 괜찮지 않을까? 사랑하는 아이들은 내 얼굴을 기억하지 못할 테니까. 아냐, 아냐! 결코 그래서는 안 돼. 내가 누구인지를 드러내서는 절대로 안 돼. 어미의 얼굴을 닮은 딸과 나를 꼭 닮은 아들에게도 아비로서의 키스는 용납되지 않을 거야.'

길고 좁은 길을 따라 내려가는 동안 이런 생각이 쉴 새 없이 머리를 두드려댔지만, 이노크는 바로 고개를 흔들었습니다.

주막집에 돌아온 이노크는 며칠 동안 깊은 잠에 빠졌습니다.

그러면서 가끔 헛소리로 하느님을 부르며 자신을 거두어 가 달라고 애원했습니다.

하지만 본디 강인한 성품인 그는 슬픔에만 젖어 있지 않았습니다. 가슴속 맑은 영혼의 샘에서 용솟음쳐 나오는 기도는 그의 신앙심을 더욱 굳게 해주었고, 그 기도에 힘입어 세상의 거친 파도와 쓰디쓴 인생을 참고 견딜 수 있었습니다.

이노크가 한번은 주막집 안주인인 미리엄에게 이렇게 말했습니다.

"언젠가 당신이 내게 얘기해 준 방앗간 집 여인은 혹시 전남편이 살아서 돌아오지나 않을까 하고 걱정하지는 않습니까?"

"걱정하는 정도가 아니라 몹시 고통스러워한다오. 그렇게 오랜 세월 동안 소식이 없는 걸로 보아선 분명히 죽었을 텐데……. 가엾게도 그걸 몰라서 그렇게 괴로워한다오."

주막집 안주인의 말에 이노크는 눈물이 나오려는 것을 간신히 참았습니다.

'아무도 내가 누구인지를 모르니, 이곳에서 조용히 살다 죽으리라.'

이노크는 계속해서 생각했습니다.

'일어나서 일을 하자. 더 이상 악몽과 싸우지 말고 일을 하면서 신께서 나의 목숨을 거둬가실 때를 기다려야겠다.'

이노크는 스스로의 생계를 위해 항구의 사람들 속에서 일하며 약간의 돈을 벌었고, 그렇게 하루하루의 삶을 이어가며 때를 기다렸습니다.

그는 남의 도움 받는 것을 사나이답지 않다고 여겼기에 닥치는 대로 일했습니다. 어떤 때는 목수가 되었고, 또 다른 때는 그릇을 만드는 사람이 되기도 했으며, 때로는 그물을 만들기도 했고, 항구에 들어온 작은 배에 짐을 싣거나 부리는 일을 하기도 했습니다.

이렇게 꾸려가고는 있었지만, 이것은 자기 몸 하나를 위해서 하는 노동이었을 뿐입니다. 희망도 없고 살아가는 보람도 없는, 목숨이 없는 거나 다름없는 하루하루였습니다.

어떤 때는 애니와 자기 아이들이 지나가는 것을 보고 구부정한 허리를 더더욱 구부리고 고개를 숙였습니다. 그러고는 먼발치에서 그들을 바라보는 것이었습니다.

아이들을 품에 안아보고 싶다는 욕망이 끓어오를 때마다 이노크는 그것을 억누르느라 열심히 기도했습니다.

"하느님, 저를 빨리 데려가 주십시오. 제가 바라는 것은 오로지 죽음뿐입니다."

미래도 없고 희망도 없는 이노크는 몸과 마음이 괴롭기만 했습니다.

이노크가 귀향한 지 한 해가 지났습니다. 언제부터인지 부쩍 쇠약해지더니, 오래지 않아 더 이상 일을 할 수 없을 정도로 그의 기력이 시름시름 꺾이기 시작했습니다.

처음에는 바깥출입도 하지 않고 집 안에만 머물렀고, 다음에는 의자에 앉은 채 시간을 보내다가 끝내 병석에 눕고 말았습니다.

좁고 누추한 방만이 이노크의 세계였습니다. 그곳에서 이노크는 모든 것을 상상했습니다. 애니와 나누는 다정한 대화, 아이들과의 장난, 그리고 행복한 자신의 모습을 꿈꾸기도 하고, 하느님 앞에 가 있을 자신을 생각해 보기도 했습니다.

'내가 빨리 죽어야만 이 괴로움에서 벗어날 수 있으리라…….'

그는 죽음이 다가오고 있음을 느끼면서 날로 힘을 잃어가는 육신의 상태를 기꺼이 받아들였으나, 마음마저 나약해지지는 않았습니다. 죽음은 이노크의 모든 괴로움을 마감하는 것으로, 난파선의 선원을 구하기 위해 다가오는 구조선과 다름없기 때문이었습니다.

이노크는 생의 마지막 순간이 다가오자, 자신이 죽고 난 다음에라도 생애의 마지막까지 자신이 애니를 사랑했음을 알기를 바랐습니다.

'내 목숨이 다한 뒤, 아내에게 알리기로 하자. 죽을 때까지도 한없이 그리워하며 사랑했었음을!'

이렇게 생각한 끝에, 이노크는 어느 날 주막집 안주인인 미리엄 레인을 방으로 불렀습니다.

"어쩐 일이오? 죽은 듯이 누워 있더니 오늘은 좀 기운이 나는가 보구려."

"당신에게 내 비밀을 털어놓으려 합니다. 하지만 내가 그것을 말하기 전에, 내가 죽은 것을 확인할 때까지 그 비밀을 누설하지 않겠다고 성경에 손을 얹고 맹세해 주세요."

"죽다니요? 그런 말은 하지 말아요! 나는 당신이 틀림없이 곧 나을 수 있다고 믿어요."

사람 좋은 주막집 안주인이 놀라서 소리쳤습니다.

그러나 이노크는 "맹세해 주세요. 성경에 손을 얹고!"라고 단호하게 반복해서 말했습니다.

그러자 미리엄은 반쯤 놀라서 성경에 손을 얹고 맹세했습니다.

"내 맹세하리다. 당신이 죽기 전에 당신이 한 말을 누구한테도 절대 말하지 않겠다고."

이노크는 창백한 눈으로 그녀를 바라보다가 이윽고 입을 열었습니다.

"이 포구에 살던 이노크 아든을 아시는지요?"

"이노크를 아느냐구요? 멀리서 봐도 그를 알아볼 수 있지요. 체격이 좋은 데다가 머리를 꼿꼿이 쳐들고 아무한테도 신경 쓰지 않고 길을 걸어 내려오는 모습을 나는 지금도 기억해요."

이노크가 슬픈 목소리로 천천히 말했습니다.

"이제 이노크의 키는 줄어들었어요. 그에게 관심을 갖는 사람도 없고, 그를 돌보아줄 사람도 없어요. 고개뿐이 아닙니다. 나이보다 더 늙어 버린 그의 허리는 꾸부정하고, 탄력 있던 그의 피부는 뜨거운 햇볕에 타서 쭈글쭈글해졌지요. 빛나던 그의 눈동자는 고독 끝에 허물어지고 억세던 팔은 이렇게 가늘어졌답니다. 앞으로 사흘도 남지 않은 목숨이니까 말하지만, 내가 바로 그 사람이오! 내가 이노크 아든이라오."

이노크의 목소리는 먼 데서 울리는 듯 공허했습니다.

이 말을 듣고 있던 주막집 안주인은 믿을 수 없다는 표정을 지으며, 거의 미친 듯이 소리쳤습니다.

"이노크라고요? 당신이? 아니, 거짓말이야! 이노크는 당신보다 키가 한 자나 더 컸어요."

이노크가 다시 말했습니다.

"하느님께서 나의 허리를 굽히셔서 지금의 나로 만들었소. 나의 비탄과 고독이 나를 쇠잔하게 만들었소. 의심하지 마십시오. 내가 바로 이노크 아든이라 불리던 사람이오. 이제는 필립 레이의 아내가 되어 버린 애니라는 여자와 결혼했던 바로 그 사람이오. 자, 여기 앉아서 내 얘기를 들어줘요, 미리엄."

이노크는 자신을 유심히 살피면서 옛날 이노크의 모습을 찾아내려 애쓰는 미리엄에게 긴 이야기를 시작했습니다.

항해를 나가 돈을 벌어오다가 난파당한 이야기, 쓸쓸하고 긴 세월을 무인도에서 혼자 지낸 이야기, 한 가닥 집념으로 살아 돌아올 수 있었던 이야기, 고향에 돌아와서 창문 너머로 애니를 몰래 바라본 이야기, 아이들과 애니의 눈에 띄지 않게 조심조심 살아온 이야기 등을 힘겹게 들려주었습니다. 그리고 이어서 자신의 숨겨진 결심을 털어놓았습니다.

이노크에게 뜻밖의 이야기를 들은, 동정심 많은 미리엄은 하염없이 눈물을 흘렸습니다. 생각 같아서는 이노크 아든이 살아 돌아왔다고, 애니와 아이들의 행복을 지키기 위해 슬픔과 싸우고 있다고 여기저기 돌아다니며 외치고 싶었습니다.

하지만 이노크의 간곡한 부탁에 따라 자신이 한 맹세를 생각하고 안간힘을 다해 자신을 붙들었습니다.

충혈된 이노크의 눈을 바라보던 미리엄이 울먹이면서 말했습니다.

"이봐요, 이노크. 죽기 전에 한 번쯤 아이들을 만나 봐도 좋지 않겠어요? 찾아가기 뭣하면 내가 가서 만나게 해 주리다."

미리엄은 부랴부랴 일어나서 나가려고 했습니다.

이노크는 미리엄의 말에 잠시 마음이 흔들렸으나, 이내 고개를 가로저으면서 대답했습니다.

"미리엄, 죽을 날도 머지않았는데 내 마음을 어지럽히지 말아요. 그것보다도 죽기 전에 내 소원이나 하나 들어줘요. 아직은 말할 기운이 남아 있으니까 내가 하는 이야기를 잘 들어 두었다가, 내가 죽은 후에 애니와 아이들에게 꼭 전해 줘요."

유언과 같은 이노크의 말에 잠시 주춤하고 서 있던 미리엄은 다시 자리에 앉았습니다.

"미리엄! 내가 죽으면, 이제는 넘을 수 없는 장벽이 가로 놓였지만, 내가 애니를 위해 늘 하느님께 기도드리고, 신혼 때처럼 그녀를 연모하면서 저세상으로 먼저 떠났다고 말해 줘요."

미리엄의 가슴은 마구 뛰었습니다. 이 엄청난 사실을 혼자 알고 있다는 게 너무나 벅찼습니다.

"알겠소. 내 꼭 전해주리다."

"엄마의 모습을 닮은 내 딸에게는 마지막 숨이 넘어갈 때까지 앞날을 축복하며 부디 행복하게 살기를 기도했다고 전해주고, 아들에게도 축복의 말을 거듭했다고 전해줘요. 또 내 식구들을 걱정하고 거둬준 필립에게는 그를 위해서, 그의 앞날을 위해서 기도했다고 전해줘요.

그리고 내가 죽은 후, 사랑하는 나의 아이들이 죽은 내 얼굴을 한 번만이라도 보고 싶다고 하거든 그 애들에게는 보여주어도 상관없을 거요. 그 아이들은 예전의 이 아비 얼굴을 기억하지 못할 테니까요. 하지만 애니에게는 절대 보여주어서는 안 됩니다. 죽은 내 얼굴을 애니가 보게 된다면 오랜 세월이 흐른 다음에도 나의 비참한 죽음을 생각하고 괴로워할 테니까요."

그리고 이노크는 오랜 세월 동안 소중히 간직했던 아기의 머리카락을 꺼내서 미리엄에게 건네며 말했습니다.

"생각하면 나의 피를 나눈 사랑하는 아이가…… 그렇지요, 저세상에서 이 못난 아비를 맞이해줄 아이가 하나 있네요. 이 한 움큼의 머리칼은 그 아이의 것이오. 내가 출항할 때 애니가 가위로 잘라 쥐여 준 이 머리칼을 나는 이제껏 몸에 지니고 다녔습니다.

이 머리칼을 무덤까지 가지고 가려 했지만, 하느님의 무릎에 앉아 행복을 누리고 있을 그 귀여운 아이를 곧 만날 수 있겠기에 생각을 바꿨답니다. 그러니 내가 죽거든 이것을 애니에게 돌려주었으면 합니다. 애니에게는 위안이 될지도 모르니까요. 그리고 무엇보다도 내가 이노크 아든이라는 증거가 될 테니까요."

이노크는 말을 하느라고 진이 다 빠졌는지 잠시 고개를

숙이고 있다가, 되풀이하듯이 다시 이렇게 말했습니다.

"자아, 미리엄! 눈물을 거두고 나를 봐요. 가까운 곳에 사랑하는 사람들을 두고도 홀로 죽음을 맞이하는 서러운 이노크를 위해, 내가 한 말을 꼭 그들에게 전해줘요. 내가 죽은 후에 말입니다."

"잊지 않고 꼭 전해드리리다. 피곤해 보이니 이제 안심하고 쉬세요."

미리엄은 이노크에게 그녀만의 수다스러운 어투로 진지하게 약속했고, 이노크는 그녀에게 자신과의 약속을 반드시 지켜줄 것을 재차 다짐받았습니다.

그리고 이노크는 창백한 얼굴로 미동도 없이 잠들었으며 밤새 혼수상태에 빠져들었습니다.

"이봐요! 이노크, 정신 차려요! 정신 차리라니까!"

사흘째 늦은 밤, 이노크가 마치 시체처럼 꼼짝도 않고 잠든 동안 미리엄은 이노크의 머리맡에 앉아 간호하다가 가끔씩 깜박깜박 졸았습니다.

그런데 갑자기 파도가 몰아치는 바다 저 멀리에서 "우르르 쾅!" 하며 바다가 우는 소리가 요란하게 들려오더니, 이 조그만 항구의 집들을 온통 진동시키며 잠든 사람들을 흔들어 깨웠습니다.

이노크의 온몸은 땀투성이였고, 계속되는 천둥소리와 선원들의 아우성치는 소리가 가까이서 혹은 멀리서 들려왔습니다.

그때 이노크가 갑자기 눈을 뜨고 일어서더니 두 손을 높이 쳐들고 외쳤습니다.

"배다! 배다! 나는 구조되었다!"

그러고는 이내 벌렁 뒤로 나자빠지더니 더 이상 아무 말도, 움직임도 없었습니다.

누구보다도 용감하고 강인했던 그가 못다 한 사랑을 가슴속에 품고, 외롭게 숨을 거둔 것입니다.

그리하여 처절한 인내로 속속들이 썩어간 이노크의 영혼은 마침내 이 세상을 떠나 영원한 안식을 얻게 되었습니다.

날이 밝자 이 작은 항구도시의 모든 사람이 이노크 아든의 귀향과 죽음을 알게 되었고, 깊은 감동을 받았습니다.

그리고 마을 사람들은 이 고귀한 바닷사람을 위해, 이 항구도시에서는 이제껏 볼 수 없었던 장엄하고 성대한 장례식을 치른 후 그의 유해를 묻어주었습니다.

슬픈 운명의 이노크여!
사랑하는 사람의 행복을 위해
죽어갈 수밖에 없었던 이노크여!
참으로 지난한 세월을 참고 기다려 온
그대 앞에 놓여 있는 것이
이러한 죽음이었던가.
하지만 이노크여!

그대가 지켜온 순결한 사랑의 꽃이
그대의 죽음 위에서 활짝 피어나
그 눈부신 자태를 드러내리니,
부디 안식 속에 고이 잠드소서.

<ENOCH ARDEN> 원문

CHAPTER 1
The Young Husband

Long lines of cliff breaking have left a chasm;
And in the chasm are foam and yellow sands;
Beyond, red roofs about a narrow wharf
In cluster; then a moulder'd church; and higher
A long street climbs to one tall—tower'd mill;
And high in heaven behind it a gray down
With Danish barrows; and a hazelwood,
By autumn nutters haunted, flourishes
Green in a cuplike hollow of the down.

Here on this beach a hundred years ago,
Three children of three houses, Annie Lee,
The prettiest little damsel in the port,
And Philip Ray the miller's only son,
And Enoch Arden, a rough sailor's lad
Made orphan by a winter shipwreck, play'd
Among the waste and lumber of the shore,
Hard coils of cordage, swarthy fishing—nets,
Anchors of rusty fluke, and boats updrawn,
And built their castles of dissolving sand
To watch them overflow'd, or following up
And flying the white breaker, daily left
The little footprint daily wash'd away.

A narrow cave ran in beneath the cliff:
In this the children play'd at keeping house.
Enoch was host one day, Philip the next,
While Annie still was mistress; but at times
Enoch would hold possession for a week:
'This is my house and this my little wife.'

'Mine too' said Philip 'turn and turn about:'
When, if they quarrell'd, Enoch stronger—made
Was master: then would Philip, his blue eyes
All flooded with the helpless wrath of tears,
Shriek out 'I hate you, Enoch,' and at this
The little wife would weep for company,
And pray them not to quarrel for her sake,
And say she would be little wife to both.

But when the dawn of rosy childhood past,
And the new warmth of life's ascending sun
Was felt by either, either fixt his heart
On that one girl; and Enoch spoke his love,
But Philip loved in silence; and the girl
Seem'd kinder unto Philip than to him;
But she loved Enoch; tho' she knew it not,
And would if ask'd deny it. Enoch set
A purpose evermore before his eyes,
To hoard all savings to the uttermost,
To purchase his own boat, and make a home

For Annie: and so prosper'd that at last
A luckier or a bolder fisherman,
A carefuller in peril, did not breathe
For leagues along that breaker—beaten coast
Than Enoch. Likewise had he served a year
On board a merchantman, and made himself
Full sailor; and he thrice had pluck'd a life
From the dread sweep of the down—streaming seas:
And all me look'd upon him favorably:
And ere he touch'd his one—and—twentieth May
He purchased his own boat, and made a home
For Annie, neat and nestlike, halfway up
The narrow street that clamber'd toward the mill.

Then, on a golden autumn eventide,
The younger people making holiday,
With bag and sack and basket, great and small,
Went nutting to the hazels. Philip stay'd
(His father lying sick and needing him)
An hour behind; but as he climb'd the hill,

Just where the prone edge of the wood began
To feather toward the hollow, saw the pair,
Enoch and Annie, sitting hand-in-hand,
His large gray eyes and weather-beaten face
All-kindled by a still and sacred fire,
That burn'd as on an altar. Philip look'd,
And in their eyes and faces read his doom;
Then, as their faces drew together, groan'd,
And slipt aside, and like a wounded life
Crept down into the hollows of the wood;
There, while the rest were loud in merrymaking,
Had his dark hour unseen, and rose and past
Bearing a lifelong hunger in his heart.

So these were wed, and merrily rang the bells,
And merrily ran the years, seven happy years,
Seven happy years of health and competence,
And mutual love and honorable toil;
With children; first a daughter. In him woke,
With his first babe's first cry, the noble wish

To save all earnings to the uttermost,

And give his child a better bringing—up

Than his had been, or hers; a wish renew'd,

When two years after came a boy to be

The rosy idol of her solitudes,

While Enoch was abroad on wrathful seas,

Or often journeying landward; for in truth

Enoch's white horse, and Enoch's ocean—spoil

In ocean—smelling osier, and his face,

Rough—redden'd with a thousand winter gales,

Not only to the market—cross were known,

But in the leafy lanes behind the down,

Far as the portal—warding lion—whelp,

And peacock—yewtree of the lonely Hall,

Whose Friday fare was Enoch's ministering.

Then came a change, as all things human change.

Ten miles to northward of the narrow port

Open'd a larger haven: thither used

Enoch at times to go by land or sea;

And once when there, and clambering on a mast
In harbor, by mischance he slipt and fell:
A limb was broken when they lifted him;
And while he lay recovering there, his wife
Bore him another son, a sickly one:
Another hand crept too across his trade
Taking her bread and theirs: and on him fell,
Altho' a grave and staid God—fearing man,
Yet lying thus inactive, doubt and gloom.
He seem'd, as in a nightmare of the night,
To see his children leading evermore
Low miserable lives of hand—to—mouth,
And her, he loved, a beggar: then he pray'd
'Save them from this, whatever comes to me.'
And while he pray'd, the master of that ship
Enoch had served in, hearing his mischance,
Came, for he knew the man and valued him,
Reporting of his vessel China—bound,
And wanting yet a boatswain. Would he go?
There yet were many weeks before she sail'd,

Sail'd from this port. Would Enoch have the place?
And Enoch all at once assented to it,
Rejoicing at that answer to his prayer.

So now that the shadow of mischance appear'd
No graver than as when some little cloud
Cuts off the fiery highway of the sun,
And isles a light in the offing: yet the wife—
When he was gone—the children—what to do?
Then Enoch lay long—pondering on his plans;
To sell the boat—and yet he loved her well—
How many a rough sea had he weather'd in her!
He knew her, as a horseman knows his horse—
And yet to sell her—then with what she brought
Buy goods and stores—set Annie forth in trade
With all that seamen needed or their wives—
So might she keep the house while he was gone.
Should he not trade himself out yonder? go
This voyage more than once? yea twice or thrice—
As oft as needed—last, returning rich,

Become the master of a larger craft,

With fuller profits lead an easier life,

Have all his pretty young ones educated,

And pass his days in peace among his own.

Thus Enoch in his heart determined all:

Then moving homeward came on Annie pale,

Nursing the sickly babe, her latest-born.

Forward she started with a happy cry,

And laid the feeble infant in his arms;

Whom Enoch took, and handled all his limbs,

Appraised his weight and fondled fatherlike,

But had no heart to break his purposes

To Annie, till the morrow, when he spoke.

Then first since Enoch's golden ring had girt

Her finger, Annie fought against his will:

Yet not with brawling opposition she,

But manifold entreaties, many a tear,

Many a sad kiss by day and night renew'd

(Sure that all evil would come out of it)
Besought him, supplicating, if he cared
For here or his dear children, not to go.
He not for his own self caring but her,
Her and her children, let her plead in vain;
So grieving held his will, and bore it thro'.

For Enoch parted with his old sea—friend,
Bought Annie goods and stores, and set his hand
To fit their little streetward sitting—room
With shelf and corner for the goods and stores.
So all day long till Enoch's last at home,
Shaking their pretty cabin, hammer and axe,
Auger and saw, while Annie seem'd to hear
Her own death—scaffold raising, shrill'd and rang,
Till this was ended, and his careful hand,—
The space was narrow,—having order'd all
Almost as neat and close as Nature packs
Her blossom or her seedling, paused; and he,
Who needs would work for Annie to the last,

Ascending tired, heavily slept till morn.

And Enoch faced this morning of farewell
Brightly and boldly. All his Annie's fears,
Save, as his Annie's, were a laughter to him.
Yet Enoch as a brave God—fearing man
Bow'd himself down, and in that mystery
Where God—in—man is one with man—in—God,
Pray'd for a blessing on his wife and babes
Whatever came to him: and then he said
'Annie, this voyage by the grace of God
Will bring fair weather yet to all of us.
Keep a clean hearth and a clear fire for me,
For I'll be back, my girl, before you know it.'
Then lightly rocking baby's cradle 'and he,
This pretty, puny, weakly little one,—
Nay—for I love him all the better for it—
God bless him, he shall sit upon my knees
And I will tell him tales of foreign parts,
And make him merry, when I come home again.

Come Annie, come, cheer up before I go.'

Him running on thus hopefully she heard,
And almost hoped herself; but when he turn'd
The current of his talk to graver things
In sailor fashion roughly sermonizing
On providence and trust in Heaven, she heard,
Heard and not heard him; as the village girl,
Who sets her pitcher underneath the spring,
Musing on him that used to fill it for her,
Hears and not hears, and lets it overflow.

At length she spoke 'O Enoch, you are wise;
And yet for all your wisdom well know I
That I shall look upon your face no more.'

'Well then,' said Enoch, 'I shall look on yours.
Annie, the ship I sail in passes here
(He named the day) get you a seaman's glass,
Spy out my face, and laugh at all your fears.'

But when the last of those last moments came,
'Annie my girl, cheer up, be comforted,
Look to the babes, and till I come again,
Keep everything shipshape, for I must go.
And fear no more for me; or if you fear
Cast all your cares on God; that anchor holds.
Is He not yonder in those uttermost
Parts of the morning? if I flee to these
Can I go from Him? and the sea is His,
The sea is His: He made it.'

Enoch rose,
Cast his strong arms about his drooping wife,
And kiss'd his wonder—stricken little ones;
But for the third, sickly one, who slept
After a night of feverous wakefulness,
When Annie would have raised him Enoch said
'Wake him not; let him sleep; how should this child
Remember this?' and kiss'ed him in his cot.
But Annie from her baby's forehead clipt

A tiny curl, and gave it: this he kept
Thro' all his future; but now hastily caught
His bundle, waved his hand, and went his way.

She when the day, that Enoch mention'd, came,
Borrow'd a glass, but all in vain: perhaps
She could not fix the glass to suit her eye;
Perhaps her eye was dim, hand tremulous;
She saw him not: and while he stood on deck
Waving, the moment and the vessel past.

CHAPTER 2
The Worried wife

Ev'n to the last dip of the vanishing sail
She watch'd it, and departed weeping for him;
Then, tho' she mourn'd his absence as his grave,
Set her sad will no less to chime with his,
But throve not in her trade, not being bred
To barter, nor compensating the want
By shrewdness, neither capable of lies,
Nor asking overmuch and taking less,
And still foreboding 'what would Enoch say?'
For more than once, in days of difficulty
And pressure, had she sold her wares for less

Than what she gave in buying what she sold:
She fail'd and sadden'd knowing it; and thus,
Expectant of that news that never came,
Gain'd for here own a scanty sustenance,
And lived a life of silent melancholy.

Now the third child was sickly—born and grew
Yet sicklier, tho' the mother cared for it
With all a mother's care: nevertheless,
Whether her business often call'd her from it,
Or thro' the want of what it needed most,
Or means to pay the voice who best could tell
What most it needed—howsoe'er it was,
After a lingering,—ere she was aware,—
Like the caged bird escaping suddenly,
The little innocent soul flitted away.

In that same week when Annie buried it,
Philip's true heart, which hunger'd for her peace
(Since Enoch left he had not look'd upon her),

Smote him, as having kept aloof so long.
'Surely' said Philip 'I may see her now,
May be some little comfort;' therefore went,
Past thro' the solitary room in front,
Paused for a moment at an inner door,
Then struck it thrice, and, no one opening,
Enter'd; but Annie, seated with her grief,
Fresh from the burial of her little one,
Cared not to look on any human face,
But turn'd her own toward the wall and wept.
Then Philip standing up said falteringly
'Annie, I came to ask a favor of you.'

He spoke; the passion in her moan'd reply
'Favor from one so sad and so forlorn
As I am!' half abash'd him; yet unask'd,
His bashfulness and tenderness at war,
He set himself beside her, saying to her:

'I came to speak to you of what he wish'd,
Enoch, your husband: I have ever said
You chose the best among us—a strong man:
For where he fixt his heart he set his hand
To do the thing he will'd, and bore it thro'.
And wherefore did he go this weary way,
And leave you lonely? not to see the world—
For pleasure?—nay, but for the wherewithal
To give his babes a better bringing—up
Than his had been, or yours: that was his wish.
And if he come again, vext will he be
To find the precious morning hours were lost.
And it would vex him even in his grave,
If he could know his babes were running wild
Like colts about the waste. So Annie, now—
Have we not known each other all our lives?
I do beseech you by the love you bear
Him and his children not to say me nay—
For, if you will, when Enoch comes again
Why then he shall repay me—if you will,

Annie—for I am rich and well—to—do.
Now let me put the boy and girl to school:
This is the favor that I came to ask.'

Then Annie with her brows against the wall
Answer'd 'I cannot look you in the face;
I seem so foolish and so broken down.
When you came in my sorrow broke me down;
And now I think your kindness breaks me down;
But Enoch lives; that is borne in on me:
He will repay you: money can be repaid;
Not kindness such as yours.'

And Philip ask'd
'Then you will let me, Annie?'

There she turn'd,
She rose, and fixt her swimming eyes upon him,
And dwelt a moment on his kindly face,
Then calling down a blessing on his head

Caught at his hand and wrung it passionately,
And past into the little garth beyond.
So lifted up in spirit he moved away.

Then Philip put the boy and girl to school,
And bought them needful books, and everyway,
Like one who does his duty by his own,
Made himself theirs; and tho' for Annie's sake,
Fearing the lazy gossip of the port,
He oft denied his heart his dearest wish,
And seldom crost her threshold, yet he sent
Gifts by the children, garden—herbs and fruit,
The late and early roses from his wall,
Or conies from the down, and now and then,
With some pretext of fineness in the meal
To save the offence of charitable, flour
From his tall mill that whistled on the waste.

But Philip did not fathom Annie's mind:
Scarce could the woman when he came upon her,

Out of full heart and boundless gratitude
Light on a broken word to thank him with.
But Philip was her children's all—in—all;
From distant corners of the street they ran
To greet his hearty welcome heartily;
Lords of his house and of his mill were they;
Worried his passive ear with petty wrongs
Or pleasures, hung upon him, play'd with him
And call'd him Father Philip. Philip gain'd
As Enoch lost; for Enoch seem'd to them
Uncertain as a vision or a dream,
Faint as a figure seen in early dawn
Down at the far end of an avenue,
Going we know not where: and so ten years,
Since Enoch left his hearth and native land,
Fled forward, and no news of Enoch came.

It chanced one evening Annie's children long'd
To go with others, nutting to the wood,
And Annie would go with them; then they begg'd

For Father Philip (as they call'd him) too:
Him, like the working bee in blossom—dust,
Blanch'd with his mill, they found; and saying to him
'Come with us Father Philip' he denied;
But when the children pluck'd at him to go,
He laugh'd, and yielding readily to their wish,
For was not Annie with them? and they went.

But after scaling half the weary down,
Just where the prone edge of the wood began
To feather toward the hollow, all her force
Fail'd her; and sighing 'let me rest' she said.
So Philip rested with her well—content;
While all the younger ones with jubilant cries
Broke from their elders, and tumultuously
Down thro' the whitening hazels made a plunge
To the bottom, and dispersed, and beat or broke
The lithe reluctant boughs to tear away
Their tawny clusters, crying to each other
And calling, here and there, about the wood.

But Philip sitting at her side forgot
Her presence, and remember'd one dark hour
Here in this wood, when like a wounded life
He crept into the shadow: at last he said
Lifting his honest forehead 'Listen, Annie,
How merry they are down yonder in the wood.'
'Tired, Annie?' for she did not speak a word.
'Tired?' but her face had fall'n upon her hands;
At which, as with a kind anger in him,
'The ship was lost' he said 'the ship was lost!
No more of that! why should you kill yourself
And make them orphans quite?' And Annie said
'I thought not of it: but—I known not why—
Their voices make me feel so solitary.'

Then Philip coming somewhat closer spoke.
'Annie, there is a thing upon my mind,
And it has been upon my mind so long,
That tho' I know not when it first came there,
I know that it will out at last. O Annie,

It is beyond all hope, against all chance,
That he who left you ten long years ago
Should still be living; well then—let me speak:
I grieve to see you poor and wanting help:
I cannot help you as I wish to do
Unless—they say that women are so quick—
Perhaps you know what I would have you know—
I wish you for my wife. I fain would prove
A father to your children: I do think
They love me as a father: I am sure
That I love them as if they were mine own;
And I believe, if you were fast my wife,
That after all these sad uncertain years,
We might be still as happy as God grants
To any of His creatures. Think upon it:
For I am well-to-do—no kin, no care,
No burthen, save my care for you and yours:
And we have known each other all our lives,
And I have loved you longer than you know.'

Then answer'd Annie; tenderly she spoke:
'You have been as God's good angel in our house.
God bless you for it, God reward you for it,
Philip, with something happier than myself.
Can one live twice? can you be ever loved
As Enoch was? what is it that you ask?'
'I am content' he answer'd 'to be loved
A little after Enoch.' 'O' she cried
Scared as it were 'dear Philip, wait a while:
If Enoch comes—but Enoch will not come—
Yet wait a year, a year is not so long:
Surely I shall be wiser in a year:
O wait a little!' Philip sadly said
'Annie, as I have waited all my life
I well may wait a little.' 'Nay' she cried
'I am bound: you have my promise—in a year:
Will you not bide your year as I bide mine?'
And Philip answer'd 'I will bide my year.'

Here both were mute, till Philip glancing up
Beheld the dead flame of the fallen day
Pass from the Danish barrow overhead;
Then fearing night and chill for Annie rose,
And sent his voice beneath him thro' the wood.
Up came the children laden with their spoil;
Then all descended to the port, and there
At Annie's door he paused and gave his hand,
Saying gently 'Annie, when I spoke to you,
That was your hour of weakness. I was wrong.
I am always bound to you, but you are free.'
Then Annie weeping answer'd 'I am bound.'

She spoke; and in one moment as it were,
While yet she went about her household ways,
Ev'n as she dwelt upon his latest words,
That he had loved her longer than she knew,
That autumn into autumn flash'd again,
And there he stood once more before her face,
Claiming her promise. 'Is it a year?' she ask'd.

'Yes, if the nuts' he said 'be ripe again:
Come out and see.' But she—she put him off—
So much to look to—such a change—a month—
Give her a month—she knew that she was bound—
A month—no more. Then Philip with his eyes
Full of that lifelong hunger, and his voice
Shaking a little like a drunkard's hand,
'Take your own time, Annie, take your own time.'
And Annie could have wept for pity of him;
And yet she held him on delayingly
With many a scarce—believable excuse,
Trying his truth and his long—sufferance,
Till half—another year had slipt away.

By this the lazy gossips of the port,
Abhorrent of a calculation crost,
Began to chafe as at a personal wrong.
Some thought that Philip did but trifle with her;
Some that she but held off to draw him on;
And others laugh'd at her and Philip too,

As simple folks that knew not their own minds;
And one, in whom all evil fancies clung
Like serpent eggs together, laughingly
Would hint a worse in either. Her own son
Was silent, tho' he often look'd his wish;
But evermore the daughter prest upon her
To wed the man so dear to all of them
And lift the household out of poverty;
And Philip's rosy face contracting grew
Careworn and wan; and all these things fell on her
Sharp as reproach.

At last one night it chanced
That Annie could not sleep, but earnestly
Pray'd for a sign 'my Enoch is he gone?'
Then compass'd round by the blind wall of night
Brook'd not the expectant terror of her heart,
Started from bed, and struck herself a light,
Then desperately seized the holy Book,
Suddenly set it wide to find a sign,

Suddenly put her finger on the text,
'Under a palmtree.' That was nothing to her:
No meaning there: she closed the book and slept:
When lo! her Enoch sitting on a height,
Under a palmtree, over him the Sun:
'He is gone' she thought 'he is happy, he is singing
Hosanna in the highest: yonder shines
The Sun of Righteousness, and these be palms
Whereof the happy people strowing cried
"Hosanna in the highest!"' Here she woke,
Resolved, sent for him and said wildly to him
'There is no reason why we should not wed.'
'Then for God's sake,' he answer'd, 'both our sakes,
So you will wed me, let it be at once.'

So these were wed and merrily rang the bells,
Merrily rang the bells and they were wed.
But never merrily beat Annie's heart.
A footstep seem'd to fall beside her path,
She knew not whence; a whisper in her ear,

She knew not what; nor loved she to be left
Alone at home, nor ventured out alone.
What ail'd her then, that ere she enter'd, often
Her hand dwelt lingeringly on the latch,
Fearing to enter: Philip thought he knew:
Such doubts and fears were common to her state,
Being with child: but when her child was born,
Then her new child was as herself renew'd,
Then the new mother came about her heart,
Then her good Philip was her all—in—all,
And that mysterious instinct wholly died.

CHAPTER 3
The castaway Hastening Home

And where was Enoch? prosperously sail'd
The ship 'Good Fortune,' tho' at setting forth
The Biscay, roughly ridging eastward, shook
And almost overwhelm'd her, yet unvext
She slipt across the summer of the world,
Then after a long tumble about the Cape
And frequent interchange of foul and fair,
She passing thro' the summer world again,
The breath of heaven came continually
And sent her sweetly by the golden isles,
Till silent in her oriental haven.

There Enoch traded for himself, and bought
Quaint monsters for the market of those times,
A gilded dragon, also, for the babes.

Less lucky her home—voyage: at first indeed
Thro' many a fair sea—circle, day by day,
Scarce—rocking, her full—busted figure—head
Stared o'er the ripple feathering from her bows:
Then follow'd calms, and then winds variable,
Then baffling, a long course of them; and last
Storm, such as drove her under moonless heavens
Till hard upon the cry of 'breakers' came
The crash of ruin, and the loss of all
But Enoch and two others. Half the night,
Buoy'd upon floating tackle and broken spars,
These drifted, stranding on an isle at morn
Rich, but loneliest in a lonely sea.

No want was there of human sustenance,
Soft fruitage, mighty nuts, and nourishing roots;
Nor save for pity was it hard to take
The helpless life so wild that it was tame.
There in a seaward—gazing mountain—gorge
They built, and thatch'd with leaves of palm, a hut,
Half hut, half native cavern. So the three,
Set in this Eden of all plenteousness,
Dwelt with eternal summer, ill—content.

For one, the youngest, hardly more than boy,
Hurt in that night of sudden ruin and wreck,
Lay lingering out a three—years' death—in—life.
They could not leave him. After he was gone,
The two remaining found a fallen stem;
And Enoch's comrade, careless of himself,
Fire—hollowing this in Indian fashion, fell
Sun—stricken, and that other lived alone.
In those two deaths he read God's warning 'wait.'

The mountain wooded to the peak, the lawns
And winding glades high up like ways to Heaven,
The slender coco's drooping crown of plumes,
The lightning flash of insect and of bird,
The lustre of the long convolvuluses
That coil'd around the stately stems, and ran
Ev'n to the limit of the land, the glows
And glories of the broad belt of the world,
All these he saw; but what he fain had seen
He could not see, the kindly human face,
Nor ever hear a kindly voice, but heard
The myriad shriek of wheeling ocean-fowl,
The league-long roller thundering on the reef,
The moving whisper of huge trees that branch'd
And blossom'd in the zenith, or the sweep
Of some precipitous rivulet to the wave,
As down the shore he ranged, or all day long
Sat often in the seaward-gazing gorge,
A shipwreck'd sailor, waiting for a sail:
No sail from day to day, but every day

The sunrise broken into scarlet shafts
Among the palms and ferns and precipices;
The blaze upon the waters to the east;
The blaze upon his island overhead;
The blaze upon the waters to the west;
Then the great stars that globed themselves in Heaven,
The hollower—bellowing ocean, and again
The scarlet shafts of sunrise—but no sail.

There often as he watch'd or seem'd to watch,
So still, the golden lizard on him paused,
A phantom made of many phantoms moved
Before him haunting him, or he himself
Moved haunting people, things and places, known
Far in a darker isle beyond the line;
The babes, their babble, Annie, the small house,
The climbing street, the mill, the leafy lanes,
The peacock—yewtree and the lonely Hall,
The horse he drove, the boat he sold, the chill

November dawns and dewy—glooming downs,
The gentle shower, the smell of dying leaves,
And the low moan of leaden—color'd seas.

Once likewise, in the ringing of his ears,
Tho' faintly, merrily—far and far away—
He heard the pealing of his parish bells;
Then, tho' he knew not wherefore, started up
Shuddering, and when the beauteous hateful isle
Return'd upon him, had not his poor heart
Spoken with That, which being everywhere
Lets none, who speaks with Him, seem all alone,
Surely the man had died of solitude.
Thus over Enoch's early—silvering head
The sunny and rainy seasons came and went
Year after year. His hopes to see his own,
And pace the sacred old familiar fields,
Not yet had perish'd, when his lonely doom
Came suddenly to an end. Another ship
(She wanted water) blown by baffling winds,

Like the Good Fortune, from her destined course,
Stay'd by this isle, not knowing where she lay:
For since the mate had seen at early dawn
Across a break on the mist-wreathen isle
The silent water slipping from the hills,
They sent a crew that landing burst away
In search of stream or fount, and fill'd the shores
With clamor. Downward from his mountain gorge
Stept the long-hair'd long-bearded solitary,
Brown, looking hardly human, strangely clad,
Muttering and mumbling, idiotlike it seem'd,
With inarticulate rage, and making signs
They knew not what: and yet he led the way
To where the rivulets of sweet water ran;
And ever as he mingled with the crew,
And heard them talking, his long-bounden tongue
Was loosen'd, till he made them understand;
Whom, when their casks were fill'd they took aboard:
And there the tale he utter'd brokenly,
Scarce credited at first but more and more,

Amazed and melted all who listen'd to it:
And clothes they gave him and free passage home;
But oft he work'd among the rest and shook
His isolation from him. None of these
Came from his county, or could answer him,
If question'd, aught of what he cared to know.
And dull the voyage was with long delays,
The vessel scarce sea-worthy; but evermore
His fancy fled before the lazy wind
Returning, till beneath a clouded moon
He like a lover down thro' all his blood
Drew in the dewy meadowy morning-breath
Of England, blown across her ghostly wall:
And that same morning officers and men
Levied a kindly tax upon themselves,
Pitying the lonely man, and gave him it:
Then moving up the coast they landed him,
Ev'n in that harbor whence he sail'd before.

There Enoch spoke no word to anyone,
But homeward—home—what home? had he a home?
His home, he walk'd. Bright was that afternoon,
Sunny but chill; till drawn thro' either chasm,
Where either haven open'd on the deeps,
Roll'd a sea—haze and whelm'd the world in gray;
Cut off the length of highway on before,
And left but narrow breadth to left and right
Of wither'd holt or tilth or pasturage.
On the nigh—naked tree the Robin piped
Disconsolate, and thro' the dripping haze
The dead weight of the dead leaf bore it down.
Thicker the drizzle grew, deeper the gloom;
Last, as it seem'd, a great mist—blotted light
Flared on him, and he came upon the place.

Then down the long street having slowly stolen,
His heart foreshadowing all calamity,
His eyes upon the stones, he reach'd the home
Where Annie lived and loved him, and his babes

In those far—off seven happy years were born;
But finding neither light nor murmur there
(A bill of sale gleam'd thro' the drizzle) crept
Still downward thinking 'dead or dead to me!'

CHAPTER 4
The Heroic Resolve

Down to the pool and narrow wharf he went,
Seeking a tavern which of old he knew,
A front of timber—crost antiquity,
So propt, worm—eaten, ruinously old,
He thought it must have gone; but he was gone
Who kept it; and his widow, Miriam Lane,
With daily—dwindling profits held the house;
A haunt of brawling seamen once, but now
Stiller, with yet a bed for wandering men.
There Enoch rested silently many days.

But Miriam Lane was good and garrulous,
Nor let him be, but often breaking in,
Told him, with other annals of the port,
Not knowing—Enoch was so brown, so bow'd,
So broken—all the story of his house.
His baby's death, her growing poverty,
How Philip put her little ones to school,
And kept them in it, his long wooing her,
Her slow consent, and marriage, and the birth
Of Philip's child: and o'er his countenance
No shadow past, nor motion: anyone,
Regarding, well had deem'd he felt the tale
Less than the teller: only when she closed
'Enoch, poor man, was cast away and lost'
He, shaking his gray head pathetically,
Repeated muttering 'cast away and lost;'
Again in deeper inward whispers 'lost!'

But Enoch yearn'd to see her face again;
'If I might look on her sweet face gain

And know that she is happy.'   So the thought
Haunted and harass'd him, and drove him forth,
At evening when the dull November day
Was growing duller twilight, to the hill.
There he sat down gazing on all below;
There did a thousand memories roll upon him,
Unspeakable for sadness. By and by
The ruddy square of comfortable light,
Far—blazing from the rear of Philip's house,
Allured him, as the beacon—blaze allures
The bird of passage, till he madly strikes
Against it, and beats out his weary life.

For Philip's dwelling fronted on the street,
The latest house to landward; but behind,
With one small gate that open'd on the waste,
Flourish'd a little garden square and wall'd:
And in it throve an ancient evergreen,
A yewtree, and all round it ran a walk
Of shingle, and a walk divided it:

But Enoch shunn'd the middle walk and stole
Up by the wall, behind the yew; and thence
That which he better might have shunn'd, if griefs
Like his have worse or better, Enoch saw.

For cups and silver on the burnish'd board
Sparkled and shone; so genial was the hearth:
And on the right hand of the hearth he saw
Philip, the slighted suitor of old times,
Stout, rosy, with his babe across his knees;
And o'er her second father stoopt a girl,
A later but a loftier Annie Lee,
Fair—hair'd and tall, and from her lifted hand
Dangled a length of ribbon and a ring
To tempt the babe, who rear'd his creasy arms,
Caught at and ever miss'd it, and they laugh'd:
And on the left hand of the hearth he saw
The mother glancing often toward her babe,
But turning now and then to speak with him,
Her son, who stood beside her tall and strong,

And saying that which pleased him, for he smiled.

Now when the dead man come to life beheld
His wife his wife no more, and saw the babe
Hers, yet not his, upon the father's knee,
And all the warmth, the peace, the happiness,
And his own children tall and beautiful,
And him, that other, reigning in his place,
Lord of his rights and of his children's love,—
Then he, tho' Miriam Lane had told him all,
Because things seen are mightier than things heard,
Stagger'd and shook, holding the branch, and fear'd
To send abroad a shrill and terrible cry,
Which in one moment, like the blast of doom,
Would shatter all the happiness of the hearth.

He therefore turning softly like a thief,
Lest the harsh shingle should grate underfoot,
And feeling all along the garden—wall,
Lest he should swoon and tumble and be found,

Crept to the gate, and open'd it, and closed,
As lightly as a sick man's chamber—door,
Behind him, and came out upon the waste.

And there he would have knelt, but that his knees
Were feeble, so that falling prone he dug
His fingers into the wet earth, and pray'd.

'Too hard to bear! why did they take me hence?
O God Almighty, blessed Saviour, Thou
That didst uphold me on my lonely isle,
Uphold me, Father, in my loneliness
A little longer! aid me, give me strength
Not to tell her, never to let her know.
Help me no to break in upon her peace.
My children too! must I not speak to these?
They know me not. I should betray myself.
Never: not father's kiss for me—the girl
So like her mother, and the boy, my son.'

There speech and thought and nature fail'd a little,
And he lay tranced; but when he rose and paced
Back toward his solitary home again,
All down the long and narrow street he went
Beating it in upon his weary brain,
As tho' it were the burthen of a song,
'Not to tell her, never to let her know.'

He was not all unhappy. His resolve
Upbore him, and firm faith, and evermore
Prayer from a living source within the will,
And beating up thro' all the bitter world,
Like fountains of sweet water in the sea,
Kept him a living soul. 'This miller's wife'
He said to Miriam 'that you told me of,
Has she no fear that her first husband lives?'
'Ay ay, poor soul' said Miriam, 'fear enow!
If you could tell her you had seen him dead,
Why, that would be her comfort;' and he thought
'After the Lord has call'd me she shall know,

I wait His time' and Enoch set himself,
Scorning an alms, to work whereby to live.
Almost to all things could he turn his hand.
Cooper he was and carpenter, and wrought
To make the boatmen fishing—nets, or help'd
At lading and unlading the tall barks,
That brought the stinted commerce of those days;
Thus earn'd a scanty living for himself:
Yet since he did but labor for himself,
Work without hope, there was not life in it
Whereby the man could live; and as the year
Roll'd itself round again to meet the day
When Enoch had return'd, a languor came
Upon him, gentle sickness, gradually
Weakening the man, till he could do no more,
But kept the house, his chair, and last his bed.
And Enoch bore his weakness cheerfully.
For sure no gladlier does the stranded wreck
See thro' the gray skirts of a lifting squall
The boat that bears the hope of life approach

To save the life despair'd of, than he saw
Death dawning on him, and the close of all.

For thro' that dawning gleam'd a kindlier hope
On Enoch thinking 'after I am gone,
Then may she learn I loved her to the last.'
He call'd aloud for Miriam Lane and said
'Woman, I have a secret—only swear,
Before I tell you—swear upon the book
Not to reveal it, till you see me dead.'
'Dead' clamor'd the good woman 'hear him talk!
I warrant, man, that we shall bring you round.'
'Swear' add Enoch sternly 'on the book.'
And on the book, half-frighted, Miriam swore.
Then Enoch rolling his gray eyes upon her,
'Did you know Enoch Arden of this town?'
'Know him?' she said 'I knew him far away.
Ay, ay, I mind him coming down the street;
Held his head high, and cared for no man, he.'
Slowly and sadly Enoch answer'd her;

'His head is low, and no man cares for him.
I think I have not three days more to live;
I am the man.' At which the woman gave
A half—incredulous, half—hysterical cry.
'You Arden, you! nay,—sure he was a foot
Higher than you be.' Enoch said again
'My God has bow'd me down to what I am;
My grief and solitude have broken me;
Nevertheless, know that I am he
Who married—but that name has twice been changed—
I married her who married Philip Ray.
Sit, listen.' Then he told her of his voyage,
His wreck, his lonely life, his coming back,
His gazing in on Annie, his resolve,
And how he kept it. As the woman heard,
Fast flow'd the current of her easy tears,
While in her heart she yearn'd incessantly
To rush abroad all round the little haven,
Proclaiming Enoch Arden and his woes;
But awed and promise—bounded she forbore,

Saying only 'See your bairns before you go!
Eh, let me fetch 'em, Arden,' and arose
Eager to bring them down, for Enoch hung
A moment on her words, but then replied.

'Woman, disturb me not now at the last,
But let me hold my purpose till I die.
Sit down again; mark me and understand,
While I have power to speak. I charge you now,
When you shall see her, tell her that I died
Blessing her, praying for her, loving her;
Save for the bar between us, loving her
As when she laid her head beside my own.
And tell my daughter Annie, whom I saw
So like her mother, that my latest breath
Was spent in blessing her and praying for her.
And tell my son that I died blessing him.
And say to Philip that I blest him too;
He never meant us any thing but good.
But if my children care to see me dead,

Who hardly saw me living, let them come,
I am their father; but she must not come,
For my dead face would vex her after-life.
And now there is but one of all my blood,
Who will embrace me in the world-to-be:
This hair is his: she cut it off and gave it,
And I have borne it with me all these years,
And thought to bear it with me to my grave;
But now my mind is changed, for I shall see him,
My babe in bliss: wherefore when I am gone,
Take, give her this, for it may comfort her:
It will moreover be a token to her,
That I am he.'

He ceased; and Miriam Lane
Made such a voluble answer promising all,
That once again he roll'd his eyes upon her
Repeating all he wish'd, and once again
She promised.

Then the third night after this,

While Enoch slumber'd motionless and pale,

And Miriam watch'd and dozed at intervals,

There came so loud a calling of the sea,

That all the houses in the haven rang.

He woke, he rose, he spread his arms abroad

Crying with a loud voice 'a sail! a sail!

I am saved'; and so fell back and spoke no more.

So past the strong heroic soul away.

And when they buried him the little port

Had seldom seen a costlier funeral.

작가 연보

앨프레드 테니슨(Alfred Tennyson)

1809년 8월 6일 영국 링컨셔(Lincolnshire) 주 서머스비
(Somersby)에서 교구 목사인 조지 클레이턴 테니슨
(1778~1831)의 열두 자녀 중 넷째 아들로 출생.

1827년 두 형인 프레더릭, 찰스와 함께 ≪두 형제 시집
(Poems by Two Brothers)≫을 익명으로 출간.

1828년 케임브리지대학의 트리니티 칼리지에 입학하여, 시
<팀북투(Timbuctoo)>(1829)로 총장상 메달 수여.

1830년 <바다 이무기(The Kraken)>, <마리아나(Marian
a)> 등을 담은 ≪서정시집(Poems, Chiefly Lyrical)≫
출간.

1832년 ≪시집(Poems)≫ 출간. <연밥 먹는 사람들(The
Lotus-Eaters)>, <미녀들의 꿈(The Dreams of Fair
Women)>, <예술의 궁전(The Palace of Art)>, <샬
롯의 숙녀(The Lady of Shalott)> 등의 가작(佳作)이
수록되었다.

1833년 케임브리지대학 시절부터의 절친이자, 후에 그의 여동생과 약혼을 한 아서 헨리 핼럼(Arthur Henry Hallam)이 9월에 22세 나이로 급사하자, 테니슨은 큰 충격을 받아 한동안 절망에 빠졌다가 친구를 애도하는 많은 헌시를 쓰기 시작했다.

1842년 ≪시집(Poems)≫을 발간. <아서왕의 죽음>, <율리시스(Ulysses)>, <록슬리 홀(Locksley Hall)>, <두 목소리(Two Voices)>, <고다이바(Godiva)> 등의 작품이 실렸다.

1847년 서사시 ≪공주(The Princess)≫를 발표.

1850년 친구 핼럼을 생각하며 17년 동안 쓴 애가(哀歌) ≪A.H.H.를 추모하며(In Memoriam A.H.H.)≫ 발표. 윌리엄 워즈워스의 후임으로 계관시인이 되었다.
에밀리 셀우드(Emily Sellwood)와 결혼.
(후에 이들 사이에서는 두 명의 아들이 태어났다.)

1864년 불쌍한 뱃사람의 서사시 ≪이노크 아든(Enoch Arden)≫ 발표.

1892년 10월 6일 83세의 나이로 세상을 떠나 웨스트민스터 사원에 안장되었다.

이노크 아든

1판 1쇄 인쇄 | 2024. 6. 28.
1판 1쇄 발행 | 2024. 7. 5.

지은이 | 앨프레드 테니슨
옮긴이 | 김지영
펴낸이 | 윤옥임

펴낸곳 | 브라운힐
서울시 마포구 토정로 214번지 (신수동)
대표전화 (02)713-6523, 팩스 (02)3272-9702
전자우편 yun8511@hanmail.net
등록 제 10-2428호
ⓒ 2024 by Brown Hill Publishing Co. 2024, Printed in Korea

ISBN 979-11-5825-165-9 03840
값 15,000원

☞ 잘못 만들어진 책은 바꾸어 드립니다.